过往的红柳

文君／著

时代文艺出版社

图书在版编目（CIP）数据

迁徙的红柳 / 文君著 . —长春：时代文艺出版社，2017.9（2021.5重印）

ISBN 978-7-5387-5442-1

Ⅰ . ①迁… Ⅱ . ①文… Ⅲ . ①散文集－中国－当代 Ⅳ . ①I267

中国版本图书馆CIP数据核字（2017）第118254号

出 品 人　陈　琛
责任编辑　佘嘉莹
装帧设计　陈　阳
排版制作　隋淑凤

迁徙的红柳

文君　著

出版发行 / 时代文艺出版社

地址 / 长春市福祉大路5788号　龙腾国际大厦A座15层　邮编 / 130118

总编办 / 0431-81629751　发行部 / 0431-81629755

官方微博 / weibo.com / tlapress　天猫旗舰店 / sdwycbsgf.tmall.com

印刷 / 保定市铭泰达印刷有限公司

开本 / 710mm×1000mm　1 / 16　字数 / 200千字　印张 / 14.5

版次 / 2017年9月第1版　印次 / 2021年5月第3次印刷　定价 / 49.80元

图书如有印装错误　请寄回印厂调换

也说红柳

——序作家文君散文集《迁徙的红柳》

牛 放

　　凡是在青藏高原生活过的人几乎都知道一种生命力很强的植物，那就是红柳。红柳不是因为红军长征路过而得名，它与红色文化，与政治毫无关系，它就是生长在高原的、贫贱的木本植物。我们还可以这样叙述：在严寒的高海拔区域，松树、柏树这类不畏寒冷的针叶科树木也不能生长了，它们在更低的海拔区域独生或成林。唯有红柳跟荒草一起生长，它几乎是草原或雪线冰川以下唯一生长的树木。它们沿着水边、沼泽，抑或潮湿的地方顽强地生长着。它们的叶片青翠而有力，它们的身躯挺拔而不伟岸，它们让所有的高原人刮目相看，它们默默地告诉世界，它们不是荒草，它们是高原的树木。而它们枝干的颜色红红的，像初升的太阳，也像清晨的朝霞，大家都简单地叫它红柳，红色的柳树。如果在这个海拔区没有红柳，我们甚至可以武断地说这里没有树木。辽阔的若尔盖草原有很多这样的红柳，我们也对它们充满了情义，它们是我们这些内地来到高原的人对森林和泉水的向往与记忆。而作家文君，自比高原红柳，并且让这些红柳扎根在心里，生长成为一种精神，随她遍地发芽。

　　我与文君的友情始于20世纪70年代末，我们一起在偏僻的若尔盖巴西中学读书，在巴西的山里挖药、捡蘑菇、挑野菜，一起偷了家里煮熟的牛肉、土狗肉跟伙伴们分享。那是一个灰色的时期，我们需要诸如挖药、捡柴来添补家里的困难。那时，我甚至认为她的家境比我们好，我没有在她的脸上、语言上感觉到贫困、苦难。文君的父亲和母亲，还有他们所有五个姊妹我全都熟悉，然而直到2013年若尔盖建县六十周年时，我无意间阅读若尔盖编辑出版的《图说若尔盖60年》书中的一篇小文章《钢铁脊梁》时我惊呆了，我居然一点儿也不熟悉文君一家人！而这时候距离我认识文君时已经过去整整三十五年了。面对这个时间，我甚至不能谅解自己的粗心和无知。他们一家高风亮节，普普通通，其气节和克服苦难的勇气堪称高原红柳！

　　文君的父亲1933年出生于四川射洪县金山，1953年参军进入若尔盖草地，那正是筹备建县的时间，高海拔寒冷和土匪猖獗是那个时间的特色，我能想象当时生活生存的艰辛。因为在此后的三十年之后的20世纪80年代初中期，我在若尔盖县城的大街上行走时，夜晚还亲眼看见过饥饿的狼。文君的父亲先后给建县起的三任县委书记当过勤务员、警卫员和通讯员，亲自参加剿匪平叛和初期政权建设，后来因公负伤差点儿丢了性命，在甘肃陆军医院抢救治疗落下终生残疾，医院给他特制了一个钢架背心，可他出院后一样地拼命工作，终因伤病和劳累过度于四十八岁时离开了人世。文君的父亲是一个好军人、好干部、好父亲和好丈夫，他们夫妻俩生养了五个孩子，家庭困难程度可想而知，更何况他还是个残疾人。领导和组织上多次要给他在成都和州府重新安排工作，拨款补助，他都坚决地拒绝了。更有甚者，他还在巴西周边的藏寨里认养了五个干女儿。我真不知文君他们这些孩子是怎么活下来的，这几乎是不可能做到的事，但却是千真万确的事实。文君的父亲，他可是三任县委书记的勤务员、警卫员、通讯员呀！可喜的是文君的姊妹们个个都长大了，都参加了工作，文君的大弟弟当上了邮政部门的局长，文君排行第二，成了诗人和作家。

　　文君的这本散文集分为三个部分，分别是"达扎寺红柳""柳风拂灌州""飘飞的柳絮"。"达扎寺红柳"写的是她的出生地、工作地若尔盖；"柳风拂灌州"写的是她的定居地、伤心地都江堰；"飘飞的柳絮"写的是她游历神州大地的部分地方。这些散文以作家的视角，真实地记录了悲欢离合的岁月记忆和行走路上的人间真爱。透过这些文字，我们能够真切地感受到人间烟火的气息，沧海桑田的变迁，情感守望的意义。这些文字并非当下巧舌如簧的灯下臆造，花言巧语的才华横溢，而是实实在在的生命体验，坎坎坷坷的人生经历。最难能可贵的是作家经受了众多苦难和九死一生的历险，却仍能以积极向上的生命态度对待生活，追求幸福！我们的人类走到今天的文明，这种精神就形影不离地伴随着我们，但它却是弥足珍贵的，更是稀有崇高的！

2017年3月26日于成都

　　（牛放，国家一级作家，中国作家协会会员、四川省作协散文专委会常务副主任，《四川文学》主编）

目录

第三辑　漂飞的柳絮

第一辑　达扎寺红柳

一株柳，一株达扎寺红柳
穿过寒冷的季节，碧绿，纤细而又婀娜
迎着早春二月的阳光，沐浴、洗礼
人间的爱便幻化成一滴滴清露
撒向荒原，在明亮的眼神里一次次回望、梳理
之后，九尽桃花开

嘎玛日吉

天气一天比一天热起来，邻居扎西朗杰大叔的老婆朗姆姨隔三岔五总会到门前的小溪边梳洗头发。她那漆黑的长发，沾满溪水湿漉漉披在身后，在初升阳光的映照下，像一匹闪闪发亮的黑色绸缎，明亮照人。

我常常跟在她身后，看她把半干半湿的头发编织成无数的辫子盘在头上。很多时候，朗姆姨坐在河边草坝里，慢悠悠地从怀里取出一个小布袋，里面有许多扎成一小束一小束的彩色丝线，丝线末端系有珊瑚、松石、小海贝等饰物。她将这些丝线夹杂到头发里编成辫子盘起来，珠帘一般悬挂在头上，人一走动，珠帘摇曳环佩叮当的，煞是好看。

邮电所初建时，整个支局所就父亲一人，随着电话线架通各乡村，守候交换机、送报纸、维护电话线等，父亲一人实在忙不过来，县局通知赶紧招收几名工人。扎西朗杰大叔就是这个时候由父亲推荐进来的线务员。

年轻健硕的扎西朗杰大叔身高有一米八二左右，满头卷发,一双漆黑深邃的目光点缀在刚毅的脸上,透着一股子机灵劲。

父亲是在查线途中遇见他的。当时父亲正在电线杆上接线,手钳滑落地面,正准备下杆捡拾时,扎西朗杰大叔恰好路过,见此情形立马捡起手钳,双手抱杆,刷刷刷,几下便徒手攀了上去。"阿罗,咔唑咔唑(朋友,谢谢)。"父亲用藏语道谢。

"不用谢"扎西朗杰大叔却用标准的汉语答到。看父亲惊讶地盯他,扎西朗杰大叔咧开嘴笑了笑,手微微一松,人便顺着电线杆滑落到地上。

看这麻利劲儿,父亲心里暗喜,县局让物色乡邮员、线务员,这小伙不正是最佳人选吗?

父亲赶紧下杆与之攀谈,得知扎西朗杰大叔系阿西茸的乡民,便询问有心当线务员不,扎西朗杰大叔一听,自然乐得合不拢嘴。没几日,扎西朗杰大叔便拿着公社介绍信到邮电所报到上班来了。

随扎西朗杰大叔来区公所的自然还有他的妻子朗姆姨。

新搬来的扎西朗杰大叔家与我家门挨门不到一米。朗姆姨初来,因不擅汉语,常窝在家里不出门。他们家不时冒出一股浓浓的藏香气味。不知为什么我特别喜欢那种味道,有事无事便趴在他们家门口向里张望。朗姆姨每次看见我趴门口便会招呼我进去,不是给我一把炒胡豆,就是给我一把扎西朗杰大叔查线时顺路摘回的野果子。我边吃边听朗姆姨叽里咕噜说话,可她的汉语实在差劲儿,我连猜带蒙还是经常弄岔她的意思。

那会儿山寨里的藏胞很少洗脸、洗头、洗澡啥的,一身衣服穿上身,基本上是不会脱下浆洗的。记得那时候,区公所里的人早起洗脸刷牙,常引得路过的藏胞讪笑。他们只是在劳作之余,偶尔来到山溪边,也不刻意洗漱,只是双手捧起溪水在脸上随便抹抹。在强烈紫外线的照射下,他们的脸色大都呈紫红色或古铜色。只是这朗姆姨的皮肤却格外白皙,与本地藏胞的肤色截然不同。

有天早上我起床熬茶，推门正看见朗姆姨端着一个桦树皮做成的勺子站在门外，勺子里盛满清水，她用嘴深深吸了一大口，然后顺手将勺子递给我。以为朗姆姨请我喝水呢，赶紧接过咕噜咕噜喝起来，没承想朗姆姨扑哧一下将嘴里的水全都给喷了出去，她哈哈哈地笑弯了腰。我莫名其妙地盯着她看。朗姆姨笑了半天才边摇头边直起腰比画起来，只见她端过勺子又喝了一大口清水，然后将嘴里的水喷在双手掌心上，顺势往脸上一抹，那动作和猫儿洗脸一样，口鼻还发出"扑哧扑哧"的声音，一口喷完接着再喝一口，继续喷洗，等一勺水喷洒完毕，她的一张脸蛋也揉洗得白里透红起来。我乐了，原来她这是在洗脸啊。

朗姆姨比扎西大叔年长近十岁，身体不怎么好，没生过小孩，也很少出门劳动。听周围的大人们闲聊时说，朗姆姨本是一老民家的小姐，民改时受过惊吓，以至留下了不停摇晃脑袋的毛病，加上患有严重的皮肤病，浑身上下不停地脱皮，有人说她是毒药猫，是蛇精，也有人说她中过蛊，在寨子里出工劳动时，经常昏倒在地。周边山寨的人都不敢搭理她，以至快三十岁都没嫁出去。

那一年，二十岁刚出头的扎西朗杰大叔走马帮时路过朗姆姨的寨子，在一片小松林里遇见了正在林间唱歌的朗姆姨，竟是一见钟情，不顾一切将她带回了自己的寨子。

家里人自然极力反对，不让扎西朗杰大叔将朗姆姨带进家门，说是扎西郎杰大叔如果一定要娶这毒药猫，那就永远不要进家门。陷入爱河的扎西朗杰大叔无奈，只好带着朗姆姨去往寨子边的牛圈栖身。简陋的牛圈棚里一无所有，扎西朗杰大叔搬来三块石头支起火塘，就着微弱的火光，他们开始了这凄美的蜜月生活。

家人虽然反对，但寨子里还是有许多人被他们的爱情所感动，为他们想办法。马帮里有一个多次去过西藏的伙计，告诉扎西朗杰大叔，每年藏历年的七月六日至十二日（相当于汉地的立秋时节）前往降扎温泉沐浴，朗姆姨的病就会痊愈。

扎西朗杰大叔隐约记得寨子里德高望重的老人也说过，西藏那边有个沐浴节，藏语叫"嘎玛日吉"，凡是生病请不起医生的，每年这个时候前往被金星映照过的河水里浸泡，就会百病全消。金星在藏民族的传说里是药王的化身，说是被他映照过的河水具有神奇的药力。实际上，真实的缘由应该是高山上的雪水在慢慢地流淌中，经过了长满"雪莲"之类的名贵草药的山涧坡地，晶莹透彻的雪水中溶进了名贵药物的有效成分，成为洁身、消毒、保健的天然浴液，所以才具有强身健体的功效。

西藏太远，去西藏朝圣，磕长头往返一次要好几年时间，这对普通的人家来说并不现实，降扎温泉距此几百里地，这对小夫妻俩来说，就很容易实现了。

在接回朗姆姨的第二年初秋，扎西朗杰大叔带上朗姆姨翻山越岭去了降扎。降扎温泉早已名声在外。每年这个时候，青海、甘南、阿坝等地的藏胞都会相约前来泡温泉。扎西朗杰大叔带朗姆姨去时，前来沐浴的小帐篷已经搭了好几百个。他说，沐浴完毕的人在返回家乡之前，还会去往不远的纳摩寺磕头许愿。在去往寺院的路上，那些磕长头的人，起来趴下、起来趴下的身影，像极了起伏不平的海浪，一波推着一波向寺院方向涌去，那情形特别壮观。

连着三年的"嘎玛日吉"，扎西朗杰大叔都带朗姆姨前往降扎温泉浸泡沐浴，朗姆姨不光治好了皮肤病，整个身体的皮肤都呈现出高原难得一见的白皙。朗姆姨从此爱上了沐浴梳妆，而她的美貌和她的故事也一传十、十传百，附近人家都已知晓，寨子里那些一见朗姆姨就躲的人，以及家里极力反对他们结合的人也都慢慢开始接纳他们。就在扎西朗杰大叔搬回寨子没多久，邮电局招工的通知也到了，寨子里的人自然羡慕万分。

扎西朗杰大叔来邮电所上班之后，每年初秋还会请假带朗姆姨前往降扎温泉，这"嘎玛日吉"于他们夫妻已不仅仅是一个普通的沐浴节了，这是他们生命中的一场隆重典礼。

数十年过去，今年"嘎玛日吉"，我携四岁的小外孙女妏妏前往降扎体验温泉的独特魅力。当我们沉浸在浓雾环绕的泉水里，被浓烈的硫黄气息刺激得喘不过气来时，我突然明白了朗姆姨皮肤病痊愈的真正缘由。

2016.7.26

白姐任继红

　　"磕长头"是藏传佛教信仰者最至诚的礼佛方式之一。在我生活的若尔盖县，农区信奉本波教，牧区信奉藏传佛教，信仰虽有所差别，但"磕长头"这样的礼佛行为不仅相同，更是随处可见。那些在寺院就地匍匐，或者围绕着寺院做等身磕拜的信徒们，眼里流露出一种安详、平和、坚定的眼神，总会让人自觉或不自觉里，被这种强大的力量所吸引。

　　记得小时候，母亲带着姐姐弟弟住在达扎寺镇。达扎寺镇，顾名思义，一座临寺修建起来的小镇，随了寺院的名字，方圆不足一公里。镇上修建有县委大院，工商、银行、学校、邮电、卫生等机关单位，用俗话说，那是"麻雀虽小，五脏俱全"。土石结构的平房零星散落在空旷的草原上，像是被孩子随意丢弃的积木玩具，在高原强烈的紫外线照射下，显得有些陈旧。

　　小镇背后是一平缓的山坡，这座名叫达扎寺的寺院就坐落在半山坡上，俯首一看，县城尽收眼底。寺院清一色的红墙金顶，外围是一圈转经走廊，那些转经筒天长日久被信徒触摸，早已变得光滑闪亮，用手一摸，仿佛还能感觉到转经人留下的淡淡体温。

那时候，父亲带着我在山区邮电所上班，难得回县城一次。五岁那年回家，随姐姐去寺院给弟弟打牛奶，第一次看见寺院外几个老阿妈磕长头，很是震撼。那些阿妈满身灰尘，专注地磕头，前额已青紫泛淤，口里却念念有词。那时年小不知其意，只觉得她们神态如此严肃，心下充满了敬畏。

回到山区，离寺院很远，仍不时看见有人手戴护具，腿着护膝，前身挂一毛皮围裙，尘灰覆面，沿着道路二步一磕，五步一拜，朝远方行去。旁人说这是去拉萨朝佛，此去千万里，历时一两年，如果能全身而回，那就是洗尽了留在尘世间的罪恶，终身都能得到佛祖的庇护。

20世纪80年代初，我工作的小电站，正好坐落在一个寺院旁。不远处还有一处名叫嘎哇的山寨，山寨里有我一个初中的女同学，是个虔诚的佛教信徒。那时上班单调乏味，我经常下班后跑同学家去喝酥油茶，偶尔也随她去寺院转经。

我是一个没有慧根的人，常常由着同学专心地转经，自己却四下游玩。好几次看见一个身着中式棉袄的老阿妈也在那磕长头，看那长相却是典型的汉族，我很是纳闷。同学告诉我：“阿妈是当年流落在此的老红军，这些年，除了劳动生活以外，寺院就是她经常去的地方。”

一年又一年过去了，围绕着寺院，阿妈磕下了几千个、几万个长头，望着她那日渐衰老的身影，我在想，她是不是在借助这磕长头的形式，来完成她那未尽的两万五千里长征呢？在我看来，革命是一种信仰，宗教也是一种信仰，其最终目的，都是进入一种和谐美满，一种忘我无私的精神境界。

上周日，姐姐约了一位阿姐来我家叙旧，闲聊之余得知，她是当年我在嘎哇寺院遇见的红军阿妈的女儿，名叫白玛措，一时间倍觉亲切，问及阿妈，早在1986年就已仙逝，心下不竟黯然。

"阿妈的一生充满了磨难，当年红军长征过雪山草地，她才十九岁，受命护理一位受伤的侦察兵和一位战士，饿得实在走不动了，与两位战友一起掉了队，行至包座时，被一群不明身份的人抓住，将他们扔进包座河。两位战友被抛进急湍的河里，连浪花都没溅就没了踪影。阿妈说：'死就死吧，有战友同路，回家也不至于迷路。'就在那帮人抬起阿妈准备往河里扔的时候，对岸山坡上出现一位红衣喇嘛，远远朝这群人摇手……"

说起阿妈和往事，白姐的话便滔滔不绝："阿妈被送到土司家放牛，好几次逃出来找部队，都被抓了回去，双脚被皮鞭打得稀烂，然后感染，眼看双脚就要废掉了，一个门巴老汉悄悄带走了她，医治好她的伤，并收留在家。不想，生下哥哥后，被门巴的老婆赶出家门。阿妈带着哥哥四处流浪，来到嘎哇附近，遇见了同病相怜的父亲。两个人先后生了八个孩子，最后还是靠给寺院背水、做零工才养活三个儿女。"

说到这里，我恍然大悟，阿妈那样虔诚地信奉佛祖，原来她的生命，她孩子的生命，曾受过佛祖莫大的恩惠，想想，阿妈当年走进革命和今日磕拜在佛祖脚下，其实，都不过是为生命寻求一种庇护。

白姐虽说是老红军的后人，生活却十分艰难，母亲去世不久，家在农村的妹妹也相继去世，遗下一女孩小梅，白姐带着小梅和自己的两个孩子艰难度日，当政府给她送来一万元救济款时，她仍然拿出五分之一捐给了寺院。她说："佛祖慈悲，那些最艰难的时候都已经过去了，如今小梅已工作，儿子当了教师，女儿也完成了硕士学位，我每月有一千多元的养老金，也算苦尽甘来了。"说到这里，白姐露出一脸的满足。

白姐不满六十岁，却已是满头白发，岁月留在她身上的痕迹相当明显，苍老、黝黑、消瘦，可面容上看不见丝毫愁苦，她满眼的安详、平和，一如高原的天空，洁净、明亮，一尘不染。

晚饭后，白姐赶着回家，说是不能间断坚持了多年的磕长头。我突然明白了白姐的平和与满足：是啊，心中有了信仰，一切荣辱悲欢，一切身外之物，都不过是过眼云烟，一如飘落的尘土，只有心灵的踏实，才是人间最大的欢喜……

2012.5.23

备注：文中阿妈名陶秀英，藏名泽仁卓玛，四川苍溪人，系红四方面军妇女工兵营战士，1936年8月中旬，因护理伤员而掉队。1975年当地政府落实有关流落红军政策时，她是流落红军第一个落实政策的。1986年因病在若尔盖去世。其女白玛措，又名任继红，若尔盖县商业局退休职工，现住都江堰市聚缘镇。

娃 娃 鱼

那年夏天，父亲带着两个刚进邮局的藏族小伙儿外出查巡电话线，在阿西茸与求吉公社岔路口，检查到一根电杆根部腐朽，决定先进行帮桩，然后卸去杆上的电线进行换杆处理。父亲带着一名学徒去林间砍帮桩，回来时发现留守原地的另一名学徒早已动作麻利地爬上邻杆卸掉了电线，一时间，没电线连接牵引的朽杆顺势倒下，砸向正扛着帮桩走来的学徒，父亲一看情形不对，一个箭步冲上前去将学徒娃推开，倒下的电杆却将父亲的右脚踝砸成了粉碎性骨折。

伤势严重，等找到车将父亲送往县医院，父亲的一条腿已经肿成水桶样，上面布满了血泡，县医院拿这伤势一筹莫展，让赶紧转去州医院。请来专家会诊，除了截肢没别的办法。父亲唉身声叹气："这一条腿真要是截肢了，我那一大家子人，靠一个女人怕是难以支撑起来了。"

那时，我们五个孩子都还在读书，家里还有年迈的奶奶，以及一个半痴半傻的幺爸靠父亲养着。同病房的人

迁徙的红柳

说："你不想截肢，州养路段有一位老中医，治疗外伤骨折很有经验，可以去试试。"

母亲请人用担架将父亲抬到老中医家。听完病情，老中医用双手在父亲肿成圆柱一般的脚踝上一阵摸索，豆大的汗珠从父亲额上流下来，老中医看了看父亲，取出一块布让父亲咬住，随后将手指使劲掐进肿胀的脚踝推揉，父亲痛得死去活来。

只听见一阵"咔咔"声响后，老中医说："好了，抬回去吧，碎骨已经按回原位，剩下的就是用药酒炒中草药包敷，慢慢就可以愈合了。"老中医一边擦双手一边坐在木椅上，吩咐徒弟配了几大包中药叫母亲带回去。临了，吩咐母亲："这药里需要加娃娃鱼做药引，回去抓点儿泡酒里，用的时候，每副捣烂两条泡好的娃娃鱼，用童子尿和在药里就可以了。"

高原山区的小溪里，生长一种类似爬壁虎的两栖小动物，俗名娃娃鱼。童子尿有俩弟弟负责，去小河抓娃娃鱼的事自然就落在我身上。别看我是女孩子，骨子里充满了野性，从小天不怕地不怕。记得有一次区里小伙伴一起在溪边玩耍，见我在给父亲抓娃娃鱼，就打赌说："你胆子大，敢不敢喝娃娃鱼嘛？""你们敢喝我就敢喝。"我自然不甘示弱。于是，几个小鬼头便用双手捧起寸长的娃娃鱼幼仔，就着河水，比赛谁喝得多。我捧起一条活蹦乱跳的娃娃鱼，就着一大口河水吞进嘴里，娃娃鱼在喉管处不停地挣扎、爬动，引得一阵发呕，眼泪都快给呛出来了，我赶紧再捧了两捧河水，硬生生把娃娃鱼吞入了肚腹。记得母亲单位上的老中医刘爷爷说过，娃娃鱼是跌打损伤药，女娃娃可不能乱吃。这事回家后被父母知晓，自然招至一顿胖揍。

半年后，父亲的腿保住了。只是一到雨天，就得用一条拐杖助力。后来，刘爷爷和父亲聊天时说起，还有一种专门生活在羌活药苗下的娃娃鱼，常年啃噬羌活叶苗，药效奇强，那才是治疗跌打损伤的极品，只是可遇而不可求。

数年后，我高中毕业在家等待高考成绩，闲来无事，便与母亲单位的苏阿姨进山采药。山高路远，自然捡值钱的秦艽、黄芩、羌活采挖。而我尤其喜欢羌活那种独特的芳香。羌活喜阴，大多生长在潮湿的山沟地段。一日，我依旧一路顺山沟寻找羌活，大半晌也没找到几株。火辣辣的日头晒得人难受，正想找颗大树坐下休息，一阵凉风拂过，一股浓郁的羌活味扑面而来。我连忙循着气息寻到沟底，只见几大簇油亮葱绿的羌活在阳光下折射出墨绿色的光泽。好大一片啊，像是谁专门种下的。我赶紧用锄头铲去一两尺高的枝叶，准备采挖根茎。这时，一条十五六厘米长、扁扁头部、黝黑身躯、像蛇一样的东西被锄头带了出来。蛇？我骇了一大跳，条件反射地跳向一边。再一定神细看，这黑乎乎的家伙懒洋洋地伸出四只脚，慢悠悠往浓荫处爬去。羌活鱼！敢情这就是刘爷爷说的极品羌活鱼，跌打损伤接骨丹！

这难道是上苍赐给父亲的灵丹妙药？我心里好一阵激动，一个箭步冲上去，用颤抖的双手紧紧抓住娃娃鱼，转身在地上扯来几根茅草牢牢拴住。傍晚回到窝棚，一群老药夫赞不绝口，他们采药一辈子，都没遇见过这么珍贵的药材，吩咐我赶紧给父亲带回去。

这娃娃鱼的疗效究竟如何我不知晓，我只知道，父亲一直用药酒擦揉他的伤脚，那瓶药酒里就有我抓回的那只极品羌活鱼。只是后来，我生女儿时，宫缩持续了整整一周盆骨才打开，以致整个腹部和盆骨周围的皮下肌肉都被拉伤，青淤发紫，留下的疤痕再也没有消失。后来，老中医刘爷爷一看见我就会说："我早就说过，女娃子吃了娃娃鱼，盆骨会被锁死，你生娃娃没出问题，真是天大的运气。"

2016.3.23

迁徙的红柳

二月惊蛰又春分

印象里，川西北高原的春季总是来得很迟，与四时农谚里的节奏更是合不上拍。很多时候相邻的节气混淆在一起，还真让人分辨不清身处何种时节。

"二月惊蛰又春分，种树施肥耕地深。"这是川西坝子的农谚，在高原上这时节种树耕地似乎早了点儿，可春雷却是一阵接着一阵响个不停的。

那会儿随父亲转辗在山区邮电所，遇见这样的雷雨天，父亲便会把我搂在怀里，一边吧嗒着叶子烟，一边念叨着民谚给我讲故事。在恐怖的雷鸣闪电里，我记得父亲说，那会儿条件艰苦，值班室设施简陋，一根接地线当作避雷设施，滚雷经常顺着线路侵入值班室击毁设备，击伤值班人员。父亲还说，县邮电局大门外公厕边的电线杆，因为进城的牧民经常将坐骑拴在杆下，雷雨天时，湿淋淋的木杆便成为导电体，经常引得雷电击毙马匹。

父亲也被雷击过。那会儿我们已搬至巴西区，时正救灾，父亲一人连着三天三夜坚守值班，已是极度疲倦，可前线人员的调配，救灾物资的调度，一刻也不能与县委救灾指挥中心断了联系，所以，即便是雷雨天气，也不曾离开总机半步。

那时我已七八岁，懂事的年纪，因母亲不在家，自个便蜷缩在父亲值班室床上早早睡下了。

深夜11点刚过，一串震耳欲聋的雷声把我惊醒。惊恐中我正想呼叫父亲，却见站在总机前的父亲，被惊雷震得弹了起来，半空中，他迅速丢开手上的耳机，随雷声一起跌入藤椅。总机上的蜡烛晃了晃，熄了。我吓得惊叫，不见父亲应答，借着窗外张牙舞爪的闪电，我迅速爬到父亲身边，不停地喊："爸爸，爸爸……"

惊雷一串接一串炸在屋顶，木板房嘎嘎作响。总机上门牌全掉了下来，警铃一片乱叫。我吓得浑身发抖，拉住父亲便往父亲身上爬，整个人陷入父亲怀中，这时父亲弱弱地说了一声："不要摸总机……"

事后听父亲讲，那天他正好站在地板上，感应到电流袭来的巨大嗞嗞声时，迅速摘下耳机，当整个人被震弹起来时，他已丢开耳机，电流没在身上形成回路，这才逃过一劫。就那样也被震得脑袋发懵，双耳几乎失聪，人委顿了很久。当他感觉到我爬到他身上时，担心我不小心摸到插舌触电，才使出吃奶的劲儿说出一句话。

父亲被雷击其实涉及的是一段关于"种树施肥耕地深"的春耕故事。

高原三月天，气候特别干燥，遍地枯木荒草，时有雷电和人为引起的火灾，而这个时候，整个县城都会陷入一种极度紧张的气氛中。如果火情发生在草场，那还好点儿。旧俗里，空旷的草原上没有被牛羊啃噬的地方，牧民每年都会放一把火将剩余的枯草烧掉，一是杀菌除虫，二是为草场施肥。这时候只需在草场与林区相邻地段做好隔离带就行，但偶尔也会有疏忽引起火灾。如果火情发生在林区，那整个县城便如临大敌。不管火情如何，各单位人员与山寨老乡都会赶赴火场，在山火周围砍伐隔离段，以便控制火情蔓延。

迁徙的红柳

这个时候父亲的总机室也格外繁忙，我跟在父亲身后，看父亲双手撑在总机上不停地插取话舌，呼叫不同的名字，就像看一位将军指挥他的千军万马。

那年三月，大概也是春分时节吧，山区刚开始化冻，草木还没来得及发芽，山寨里的老乡在头年翻耕过的土地上，将无数的土坷垃与枯木树枝堆积在一起焚烧，其功效也和焚烧草场一样，除草、杀虫、增肥。那时政府已开始强调禁止野外烧荒，提倡多用农家肥，可山胞们仍难改世袭的耕种方式，依照古老习俗进行刀耕火种，在广袤的土地上广种薄收。所以，每到三四月份，四周的山坡地里便会燃起一堆堆土火堆，一燃就是好些天。

然而春分时节，又是春风肆虐的时候，那些燃烧的土堆里，不时有火星被风刮到邻近的地垄上，引得周围枯草一片片燃烧。望着四周弥漫的烟雾，父亲说："又到护林防火的关键时候了。"

果然，没几天阿西茸乡传来因焚烧土地而引发的山火，其火势之大，三天三夜不见缓减，竟殃及一片原始森林。县委护林防火救灾指挥中心，调动全县各单位青壮年开赴火场。随着火灾的扩散，连母亲单位的妇女老人也都加入了救灾。大伙竭尽全力也无法阻止火情蔓延，唯有期盼老天来一场大雨浇灭这疯狂的火龙。可阿西茸乡除了一阵接一阵的大风，被大火映红的天幕上不见半点儿云朵。

那场大火烧了一个多月才慢慢熄灭。

事情已经过去多年，我离开高原也快二十年了，不知道如今高原还有没有人以焚烧荒土来施肥深耕土地了，想昔日的焚烧毁掉了多少林子，当漫天的风沙、雾霾侵袭在我们生活的土地上时，人们是不是已经醒悟到了人与自然唇齿相依的重要性了。

2016.3.15

岁寒走荒原

潮湿寒冷的季节，期盼一场雪从天而降，覆盖掉人世间那不忍直视面对的暗，却是一年又一年，雪不再落下。只任由那些飘洒在空中细碎的白，在离地数十米的空中，变成霏霏细雨，弥漫在天地间，慢慢浸湿地上的草木、建筑，以及奔走于大街小巷的行人，当然，也包括隐于行人内心的繁芜情愫。

移居青城二十载，心里盼望的这场雪，从母亲的鬓角一直蔓延到我头顶，就是不肯俯下身来亲吻一下黑褐色的泥土，一任我身后隆起的新坟随岁月的流逝，与生命中年年如期而至的北风，悄然而过，归入沉寂。

记得与夫君携手的第二年，我离开县城回到山区，工作地与县城相隔九十里路，其时并没开通客运，平时行走除本单位一辆小丰田隔三岔五去往县城，大多数时间都是搭乘过路车。因夫君身为农村电话管理员，一辆代步摩托便成了我的专车，凡遇休班假日，我们总会风驰电掣般穿行在来回途中。

时值小寒，冰雪世界里，裸露在外的泥土格外珍稀，小鸟小兽常栖息于此寻食。横穿草原而过的电线杆旁，隆起的土堆因土质松散，落下的雪便早早融化，停留在黢黑土堆上的小鸟小兽，常引得草原深处的饿狼出没，有线务员述说与狼相遇，总是令闻者惊心。

又是一轮大倒班，算来夫君也该来接我了，可从清晨到黄昏也不见半个人影，心中忐忑，打电话，却是满耳机嗡嗡声。不巧，线路故障。

晚上十二点，刚躺下便被敲门声惊起。开门一看，夫君和其同事搀扶着走进来。两个人又冷又饿，已无说话力气。赶紧热茶侍候，好半天才缓过劲儿来。

原来，连日风雪导致线路结冰折断，夫君一路查修，来到草原腹地，摩托车停在两三百米外马路上。当接好线路准备下杆时，早有一只狼蹲在杆下虎视眈眈，心里一惊，这要是下去小命怕是不保了。

夫君在电线杆上使劲儿用钳子敲击杆身，电杆发出低沉的闷响，那狼毫无惧色，起身围着电杆旋转，不时贴近杆脚嗅嗅，随后退至一旁蹲着不动。夫君敞开嗓子唱歌，不行。又学藏人长吼，那狼依旧不理不睬。张开的大嘴呼出一股股白雾，沿嘴角涎下许多白色唾液，十来米高的杆上也能闻到刺鼻的腥气。

天色开始变暗，草原冬天气温多在零下十度，白日有阳光照射还觉温暖，太阳一旦下山，北风刮过如刀子一般钻心。此时，在空旷无人的草原上，一人一狼就这样对峙着。处于杆上的夫君长久保持一种姿势，人已快冻僵。这如何是好啊？下去必定成为狼的美餐，不下去不定啥时就成了冰雕。内心一片恐惧。僵持久了，浑身麻木，夫君动了动，借以缓解僵硬的感觉。不意，下垂的手触碰到腰间查线机，内心瞬间充满了狂喜，呵呵，有救了。

当同事开着嘎斯车冲过来时，那头守候了大半天的狼，不甘心地站了起来，对着电线杆一阵狂嚎，声音震得雪花瑟瑟落下。

狼，消失在了草原深处，可冰雪遗下的寒毒却渗入了骨髓。

大雪一场接一场还在草原飘落，夫君带着蚀骨的寒毒转辗于高原与内地，直到最后一场雪覆盖在隆起的新土上，生命中极致的寒便再也没走出未亡人。

　　旧岁止，新年始。或许，小寒过后冬尽春来，那消散的新土上，便会生出万千新绿，萋萋芳草。

2016.1.8

又见花开

一到小雪时节，整个山区就陷入一片冰天雪地之中。门前小溪先是沿河堤结满薄薄的冰凌，随即，那些被河风刮倒的枯草，坠在河边，在奔腾的河水中上下跳窜，沾满水珠的草窠因此也结满了冰凌，像一串串晶莹透明的葡萄挂在河湄。河面上升起一层层白色水雾，一如行走的人和动物口鼻间呼出的气息，整条河流就像一条活生生的长龙匍匐在地，不停地蠕动爬行。

随着大雪来临，小溪被冰凌严严实实地封住，河水骤减。枯水期，区公所不远处的小水电站也时常停止运行，本来每晚七点至十点的供电时间也缩短了。更多的时候因没水，整个区公所和周边山寨一样，陷入一片黑暗。

"幺妹，快来，这里有松明子。"父亲在柴火堆边叫我，我赶紧屁颠屁颠跑过去。

不知父亲从哪找来一截硕大的松木，油浸浸的，阳光下散发出浓烈的松香气息，煞是好闻。

这松明子来自一种叫油松的大树，是一种少有的树种。整个木质因浸满松脂，坚硬沉实。劈开成筷子粗细长短后，一根火柴便可点燃，做照明用，经久耐燃，是山区里特有的照明用材。油松树幼时和普通松树也没啥区别，只是它的木质在漫长的生长期里，会被本身渗出的松油慢慢浸泡，待到整棵树被油渍浸透，数百年光阴已经过去。成树有成人环抱粗细，偶有山民进山伐木遇见，便会连树干带树枝全部运回，整个寨子数年的照明都不用愁了。

父母支边去的山区，实在是太边远，去时除了这松明子，根本没别的照明方式，藏胞贵族家庭，也有酥油照明的，可那太奢侈了，普通人家连吃糌粑都不舍得多放一点儿，节省下来的酥油大多供奉到寺院里，就像内地将清油供奉到寺庙一样。煤油是后来运送进去的，经济条件好点儿的家庭也会去供销社买点儿，除了过年节，平时是不舍得用的。

自从上初中以后，每晚的晚自习必须到学校去，遇见停电就只好自带照明，有山寨的学生带了松明子来，上一晚上自习，回家撸出的鼻涕都是黑黑的。父亲虽寻回一大块油松木，我们姐弟几个还是少有用来做照明。只把松木劈成细丝，每日清晨起床生火烧水，引火用，少挨多少冻呢。

去学校晚自习，更多的人带的是煤油灯。那时候都是自制煤油灯，墨水瓶的。我也学做，在瓶盖上钻孔，找来铁皮罐头剪一块寸长的长方形铁皮，卷成灯管插墨水瓶中，灯管中穿揉成绳状的棉条或者灯芯草。橘黄色的灯光如豆，一闪一闪的，照在每张书桌前，像一幅幅静谧的画卷。

灯芯草是在一个冬天发现的。寒假和姐弟进山砍柴，闲来无聊就折来许多树枝，这种筷子粗细的树枝中间有一种泡沫一样的材质，用一根略细的竹子从小头插进去，使劲儿插，粗的一头就会冒出一根白白的芯子。父亲说可以做灯芯，一用，果然好使。我还丢嘴里尝过，松绵绵的，略带甜味。当地老百姓也时常取这芯子，一大堆，卷成大小不一、形状各异的花朵，插沙棘干枯的枝丫上，就着荆棘的形状做成一束束花插。

那个冬天，我将成捆的树枝抱教室去，说是方便同学取来做灯芯。其实，更多的时候，我是用其来做花插，尝试性做各类小动物，甚至用水彩颜料涂出各色花朵。直到一次家长会后，被父亲罚站山墙边反省，接下来再没用过煤油灯了。取而代之的是父亲交换机上换下的废旧电池做成的小电灯。

大雪小雪一直下着，门前的小溪早已退至记忆深处，只剩下一树树灯芯草做成的花，在记忆中绽放。

2016.11.18

九尽桃花开

山区没有桃花，我见到桃花时已在人世间蹉跎了三四十年。当年对桃花的印象，都是奶奶传递的。

那时候，每年一到冬至，奶奶就会扳着手指计算日子，口里也会念叨："一九二九，怀中插手；三九四九，冻死老狗……"然后悠悠地说一声：九尽桃花开。

其实，桃花一直没开，倒是漫天的风雪一直不断。

入冬以后，高原人家几乎都不外出劳作，除了父亲常年守候着交换机，一家人常常围着铁皮火炉，一边喝马茶一边听奶奶用漏风的口齿讲山那边的故事。

山那边有红薯、高粱、玉米，还有长在树上的大米，这话是父亲讲的，后来才知道那是父亲调侃我们从没见过稻子。以至姐姐九岁那年随父亲回老家，看见麦苗竟兴奋地大叫："好多韭菜啊。"而那个时候，山那边，一片一片的桃花正在盛开。

那年冬至刚过，连着下了好几场大雪，整个山区一片银装素裹。临近元旦，区公所派人去林里砍来许多松柏枝丫，在马路上扎起了好大的牌坊。区公所的干部家属一起到礼堂扎纸绢花。礼堂正中一个超大的火炉燃着熊熊烈火，烤得人直冒汗。门上挡着一块厚厚的布帘，进出的人带进的雪花遇热融化滴在地上，浸湿的碎纸渗出血一样的颜色，我沾起地上的红水往小伙伴脸上抹，自然引得对方强烈反击。一时间，孩子们嘻嘻哈哈打闹的声音，和婆婆大娘们唠家常的声音此起彼落，把节前的气氛渲染到了极致。

当火炉旁的箩筐装满了五彩缤纷的纸绢花时，有人拿了梯子，在搭好的牌坊上扎这些花朵。我们兴奋地在牌坊下窜来窜去，不时拾起雪球掷向空中。偶尔误中了某个大人，便会遭到一阵呵斥，吓得一群孩子作鸟兽散。抓了雪，十指钻心地痛，边跑边合拢在嘴上呵，使劲儿跺脚，也不回家。

奶奶在礼堂拾起好多粉色碎纸，拖了松枝回去。等到天擦黑，我被姐姐捉回家时，狭窄拥挤的小木屋碗橱上，多出一枝插在白酒瓶里的粉色桃花。我爬上碗橱去摸，原来是奶奶用碎纸做的。我定定地看着那些桃花，也不知被谁从碗橱上给拧了下来。那些粉粉的花朵，像一个个小人儿，有着极其灿烂的笑容。它们仿佛对我说着什么，静下心细听，却什么也没听见。我像是失了魂。

奶奶说，她的娘家兰家湾到处都是桃树，只是远嫁到韩家坝以后，随儿子来到雪域高原，那双三寸金莲再也没有回过昔日的桃林，不知她与这桃花有着什么样的渊源。

我对奶奶说：等我长大以后，陪您回兰家湾。

随后的日子，天气更冷了。晚上我蜷缩在奶奶脚下抱住她的双脚睡觉，奶奶的小脚冰凉冰凉，我摸着那些被折断的脚趾，生怕奶奶被冻坏。大人说：三九四九冻死老狗。老人的冬天不好过。

奶奶终究没能回到兰家湾。

那年的冬天特别漫长，周恩来总理去世没几天，奶奶手臂上的黑纱还没摘下就永远闭上了眼。我站在床前，看着奶奶安详的样子，奇怪母亲为什么哭得那样伤心。我转头看了看碗橱上的桃花，心下疑惑，那些粉红不知什么时候已完全褪去，只剩下一层浅白耷拉着头。远处似乎有唢呐声响。室外依旧一片银装素裹，像母亲给奶奶穿上的寿衣。

风水先生说，河那边有一头卧虎，把奶奶葬在右眼眶下，就会苦尽甘来，年年桃花开。

桃花没有开，大雪依旧。等真正冬去春来，我已在人世间艰难行走了三四十载。

2015.12.22

大雪兆丰年

　　每年大雪一到，整个山区便沉寂在冰天雪地里。机关单位的孩子离学校近，上学还算方便，可那些山寨里的孩子每天往返十几里山路，遇见暴雪，加之昼短夜长需摸黑穿过深林荒地等情况，怕遇见野兽遭到伤害，学校就会早早放了假。

　　漫长的假期一到天放晴，区公所的孩子就会邀约着一起上山砍柴。那时家里弟弟年幼而姐姐又文静胆小，爬树砍柴的事自然就落到我头上。

　　冬季树木枝丫异常干脆，我经常是站在树上一手拽紧旁的树干一手握刀，然后在临近主干处的枝干上砍上几刀并用脚使劲一踩，这时手臂粗的松枝就会掉下去。姐姐在地面将枝丫削尽断成一米左右的柴火并齐好背夹，最后我们一起背回家。一个寒假下来，总会收获一大堆柴火，不光够一家人取暖、做饭用还能保证父亲值班室用柴，因为这样父亲就能把省下的取暖费折算给我们当学费。

　　遇见连续数日晴天，山坡上的积雪融化后就会流入沟堑形成冰川，我常偷懒把大块的柴火或者背夹放在冰面上当冰车使。不过每次坐在冰车上风驰电掣般滑下去时，总会被旁的树枝剐破衣衫或者被裸露的树桩撞得鼻青脸肿，回家自然免不了被一顿打。

上山砍柴要经过一块冬小麦地。这是农技组的试验田。被称为"老农民"的农技员张伯伯每年一到深秋就会翻耕这块土地并将麦种播下，而每次等到麦苗冒出一寸高时，大雪便覆盖下来，麦苗也相继被冻死。

每次路过麦地我都会停留一会儿，先是用脚踹开地上的积雪，等到裸露的黑土上聚集了不少小鸟之后，我便把弟弟的小背篼反扣地上并用木棍支撑着，木棍上拴着我背柴的绳索。我们悄悄躲一旁。运气好的话会扣住一两只画眉或者麻雀。这也常惹得我们为鸟雀的归宿而争吵打架。

"老农民"总是不合时宜地出现并赶走我们，然后慌不迭地将附近阴凉处的积雪铲进裸露的地方。他常说瑞雪兆丰年，鬼才信他的，这冰冻三尺的日子，即使有麦子也早给冻死了。可他总是不停地给我们说，冬麦必须经过冰冻一劫才能死而后生更加茂盛。

无论我们信与不信，每年开春，整个山区最先泛绿的肯定是这块麦地。直到小学毕业，我在红楼梦里读到一句："丰年好大雪，珍珠如土金如铁。"这才有点儿明白这位"老农民"的话。难怪每次遇见干冬季节之后，那块麦地的麦苗就显得格外枯瘦。

高中去县城读书后就再也没有时间去山里砍柴了，不再路过麦地甚至连麦苗的样子都忘得干干净净。直到如今说起大雪这个节气，我脑子才又浮现出这一幕，令我这四体不勤五谷不分的人想起了瑞雪兆丰年这个谚语。

而今，不知道高原上那块实验地里的麦种有没有在那方土地继续繁衍生长，但我相信一如"老农民"这样的援建者和他们的孩子们，一定早已扎根遍及到每个山乡，正用他们勤劳的双手播种来年的生活。

2015.12.3

腊香满人间

在冰岛附近，出远海的渔民捕捞到大量的鳕鱼，便会在附近的岸边，就地掘一大坑，里面堆满树枝木块，坑上架一些木条，将剖开的鳕鱼放置在上面，随后点燃木柴并用草皮将火坑覆盖，任由烟火熏烤，等一两天火完全熄灭后，便取出这奇香无比的熏鱼装箱运走。

在三千五百米的雪域高原，我家也曾这样腌制过腊肉。那会儿我还在读小学，在奶奶的坚持下，母亲去山寨买回两条藏香猪，经过一年多的喂养，临近冬至节时一起杀了。

当我奉命给区公所每户人家送去一份藏香猪肉之后，回家正看见母亲将余下的五花肉用盐、花椒腌制起来，她一边装盆，一边叫我和姐姐将夹缝肉和后腿肉切成小块，说是要装香肠。

冬至前后做腊肉香肠是川西坝子的习俗。藏区既不用皇历记载岁月，也没有节气这个概念，更别说内地的生活习俗了。父母援藏多年，在高原出生的我们早已习惯常年食用牛羊肉。供销社偶尔也会供应一点儿猪肉，可大多是盐咸肉，上面一层厚厚的盐霜。即便这样，也是凭票购买。那时家里孩子多，经济拮据，即使有购买指标，也难得打一次牙祭，更别说腊味了。

现在有机会做腊肉香肠，别提有多高兴。等我们将切好的猪肉拌上花椒、精盐、辣椒，灌进早已洗净了的小肠内，那一节节红亮的香肠就散发出了令人垂涎欲滴的香味。母亲说：腊肉香肠必须烟熏火炕才有独特的香味。可是本就简陋的家里，根本找不到可以熏制的容器。父亲说：在土坑里熏吧。

大冬天的，早已是冰冻三尺，要想挖坑那可是做梦。还是父亲点子多，让我们去山崖边邻居废弃的冬窖里熏制。我钻进窖里将腊肉香肠挂好，在小火盆上堆满木柴、柏桠、锯木屑。等我点燃火盆咳咳呛呛钻出来，早已是满面烟灰。我们将土窖洞口密封后，便开始等待父母口中这道人间美味的横空出世。

两天后，我们兴高采烈地取出熏制成金黄油亮的腊肉香肠悬挂在烟囱两旁，让它们继续经历烟熏火燎的漫长时光。母亲取出一块腊肉和两节香肠煮进锅里，不一会儿，翻滚的锅里便散发出扑鼻的香味。有人在老远的地方问：谁家煮腊肉了啊，好香哦。

一晃，回内地已有二十年了。而今菜市、超市到处都有腊肉香肠卖，可我还是喜欢自己制作。或许，我是怀念当年制作时的那种快乐吧，也或许是难忘艰难岁月里人们对美好生活的向往，以及创造美好生活的那种心情吧。

总之，现今一到冬至前后，我就会兴冲冲跑菜市场去挑选上好的纯干肉，经过二十天左右的腌制，找乡下朋友给烟熏一番，随后带给四散的兄弟姐妹，我不知道自己是想让他们分享自己这份美好的心情，还是想让他们感知这个传统习俗醉人的芳香。

不管怎样，又是一年冬至到，北风定会给亲人们带去一份浓浓的腊香。

2015.12.6

迁徙的红柳

中秋满月华

临睡前，母亲突然问"快八月十五了吧，也该看月华了。"我瞬间被月华一词给击懵，与母亲相处五十多年，这还是第一次听她说出月华这样相当文艺的词，母亲闭上渐已黯淡的眼眸，仰起头喃喃说道："八月十五吃月饼，看月华，透过五颜六色的月华，可以看见月亮上的桂花树，看见小桥、房屋，福气好的话，还能看见自己心里惦记的人。"

我简直不敢相信自己的耳朵，对于月华一词，我也只是在文章里偶尔一用，并没详细了解过释义。赶紧百度，果然如母亲所说："月之有华常出于中秋夜次。"心下更是奇怪，询问母亲，她只说小时候听姥姥说起过。姥姥是大户人家的小姐，读过不少书。新中国成立前夕，姥爷去了台湾，想必姥姥八月十五常独立中宵遥相思念，寄情月华，照两岸相思吧。

对于八月十五，印象最深的还是我和父亲在巴西时经历的那一次。那年区里来了一批地质勘探队员。中秋夜，他们在院子里燃篝火赏月。高原的秋夜格外清冷，我和小伙伴围在一旁不肯回家，勘探队里一位阿姨悄悄递给我半块月饼，我拿着月饼往回跑，跑到山墙旁，一个趔趄，连人带月饼摔出老远，起身后发现不光膝盖摔破，月饼也不知所踪。

哭着回家，父亲问清情况后，说要亲自给我做月饼。我便贪心地说要甜甜的、有花纹的月饼。那时少有白糖，供销社里的红糖、古巴白糖都是凭票供应，我这要求已是最奢侈的了。父亲变法戏一样取来了红糖，将糌粑合成团，随即取来废旧的军用罐头盒，把和好的糌粑团放进去，用酒瓶底使劲儿压，之后，一个圆圆的，印满瓶底商标图案的糌粑月饼就做成了。我高兴地拿着糌粑月饼望着父亲笑。"我家幺妹的月饼是天下最好吃的月饼，别人想吃都吃不上。"父亲将我抱在怀中。

秋夜月凉如水，清辉撒落一地。依偎在父亲怀里，吃着糌粑月饼，听父亲讲后羿射日，嫦娥奔月，讲八月十五月圆人不圆，小小年纪并不知晓父亲讲的什么，只知道父亲说着说着就没有了言语……

五十年沧桑岁月一晃而过，而今，我身边的人已换成了母亲。只是，此时仰望星空的母亲，她失明的眼神里已无法流露出思念的神情了，可她的语调里，分明蕴含着无尽的相思，她是不是透过另一扇窗，看见了那些熟悉的身影，熟悉的容颜，以及泼洒在他们身上相同的月华之光？

2015.9.16

迁徙的红柳

但愿明眸清如许

记得小时候看电影《卖花姑娘》，里面有个小姑娘随当佣人的母亲去往财主家帮工，天真烂漫的小姑娘正在玩耍时，被财主老婆踢翻的开水烫瞎双眼。小姑娘捂住双眼满地翻滚哭叫的声音，伴随着我在边远山寨的场院里对着银幕的号啕大哭声，引得满场观众齐声唏嘘。那一刻，我仿佛亲历了一场生死，浑身战栗，深深的恐惧感烙在心底不肯散去。

我还记得七八岁左右时，顽皮的大弟弟用竹箭射击山鹰，坠落的竹箭射进妹妹的左眼，当妹妹凄厉的哭声和母亲抱着妹妹疯一样跑向区卫生院的脚步声，再次撞进我幼小的心里时，恐惧感又一次紧紧地拽住我。自此以后，凡是看见患有眼疾的人，便会莫名地心痛。

高中毕业后去了山区一个电站工地做临时工。那是一个寒冷的冬日午后，我守在工地广播室值班。透过敞开的门窗，温暖的阳光穿过干枯的白桦树泼洒一地。远处几颗高大的松树披一身墨绿的松针，孤寂地伫立在山崖边。我望着远方的景色，心绪安然而又宁静。突然，身后留声机里传来了忧伤的乐声。一种窒息感直逼心头，我想哭，想笑，想大声呼叫。我定定地，痴痴地望着室外的白桦树不眨一眼，直看得树干上幻化出无数的"眼睛"，这些"眼睛"甚至开始流泪，它们一起绝望地望向更远处的青松。直到现在我也说不清楚那一瞬是何感受。只知道有两股冰凉的泪水顺着脸颊流下来，一直流到心底，刺激得整个人不停地抽搐、痉挛、满心疼痛。

很多年以后我才知晓，那个午后听见的音乐，竟是瞎子阿炳的二胡名曲《二泉映月》。二胡声如诉如泣，演绎出一种深重的悲伤和愁苦。我仿佛置身于黑暗的世界里，艰难地攀爬、寻觅，忍受着万般屈辱在人世挣扎、苟活。其时我并不懂任何音乐，更不知这样的感觉从何而来。直到数年前，我在一曲马头琴音里再次体验到灵魂出窍的感觉：那一刻，整个人随音乐幻身于马背上的女子，在浩瀚无边的时光草原上，追寻着爱人的足迹流浪、征战、蔓延生息、生离死别。

经历过这一切之后我终于明白，人的灵魂是可以摆脱皮囊的束缚，穿越时空，与某种特定的场景交融的。我在幼年时所感知卖花姑娘的疼痛，青年时坠入瞎子阿炳所感知的黑暗中，以至中年在一曲马头琴声里，回到前世的草原，这些都是我生命轮回里所感知过的场景，它们就是这样通过音乐，通过诗文，回到我今生的生活场景里，回到我的幻觉里的。

二十七岁时我遭遇了一场毁灭性的车祸。当我从生死线上走出来时，省医院的主治医生告之我双眼不保，将从此陷入永不见天日的黑暗中。因外伤引起的视神经、外展神经、上合神经以及泪腺受损，结膜炎加角膜溃疡，双眼终日血泪不止，必须缝合眼帘才能确保眼球不完全溃烂。就在我交足费用，医生安排好缝合手术时，我从省医院逃离出来，跑到郫县公路医院请求保守治疗。我宁愿经受局部治疗那非人般的疼痛折磨，也不愿陷入永久的黑暗中。

在无数次抱头强忍锥心般疼痛的治疗之后，我终于保住了左眼微弱的视力。这一看就是二十多年。我用这只模糊的眼睛不光看见亲人们相

迁徙的红柳

亲相爱一路走来，也看见了散布在世界各地，网络内外的异姓亲人们，用大爱编织成的美丽花环。

然而，世间仍然有太多的苦难无法躲避。当八十岁的母亲因糖尿病青光眼双目失明，对黑暗的恐惧，依然由母亲传递到我的内心，疼痛到了极致。多少个夜晚我睁着双眼望着天空不停地询问，这是为什么啊？这是为什么？

母亲一生与世无争、与人无争、饱经苦难，不光生养了五个孩子，还在艰难的岁月认养了五个藏族儿女，铺桥修路、捐款助人样样不肯落下，这样一位善良的老人，老天为什么要夺取她眼前的光明啊，我实在有太多的不明白。

可我在母亲面前必须强忍泪水，在她万念俱灰的情绪里，激发她生的勇气。一晃四个月过去，母亲蜷缩在家里不肯出门，一生好强的母亲怕面对无数询问和幸灾乐祸的言语。而我必须打开她的心结，让她感知这个世上最温暖的一面。

初冬难得一见的艳阳打在窗户上，母亲站在窗边伸出手触摸着阳光，我说："娘，阳光下您显得白白胖胖的，年轻了许多，也漂亮了许多。"

"真的啊？要是别的老太太看见了，还不知道有多羡慕。"母亲用手摸着脸颊有些激动。我趁机说带她去院里晒晒太阳，母亲竟孩子般笑起来。

我搀扶着母亲一步步向院里走去。一路上，阳光就那样温柔地抚摸着我们的脸颊、四肢，抚摸着我们的毛发、肌肤。温暖的气息直抵内心，心中一片明亮。一时间，仿佛有什么模糊了双眼，我不知道是泪水还是本来视力所致，心里有种感动一阵阵袭来，心里有个声音在说：在母亲没有老去之前，保持一颗清亮如许的心吧，就这样陪伴母亲身旁，陪她走过漫长的黄昏，然后等待夜幕温柔地覆盖下来。

2015.12.1

天边的鸿雁

> 大雁飞过草原，大写着"人"字，坚韧、执
> 着、有力。
> 天空没有留下任何痕迹，可他们已经飞
> 过……
>
> ——题记

天边的若尔盖

位于四川省西北部的若尔盖县，被长江、黄河两大水系自东南向西北的分水岭分为西部丘状高原区和东部高山峡谷区，是一个半林半牧的高山草原，其幅员辽阔，地大物博，人烟稀少。与青海、甘肃省毗邻而居，似一颗镶嵌在川西北高原上的闪亮明珠。

西北部是与甘肃迭部县交接的纳摩、铁布片区，以岷山尾翼而起，起伏的丘陵、草坪、高山、峡谷，以及被四面高耸的石山包围的原始森林，海拔在两千三百米至两千九百米之间，形成了一种独特的地理景观，素有东方阿

尔卑斯山之称。其间的纳摩大峡谷。据史料记载，近百年时间，来自世界各地的四十二支探险队，只有1924年一个叫约瑟夫·洛克的美国人真正深入到了它的腹地，并在美国国家地理杂志上连续刊登了在这块土地上的探险日记，他对这一地区的风土人情进行了详细介绍，在西方引起过不小的中国热潮。

东部区是巴西片区，山地、河谷相间，属长江水系。境内有潘州古城（元朝）遗址，有巴西会议、求吉寺西北局会议、红四方面军四军医院、给嘎山碉堡（战壕）、包座战役和红军三大主力同道北上主要通道等红色革命遗址，有全国第三大林区——包座原始森林。

西部属黄河水系，海拔三千四百米至三千五百米，一望无际的大草原，面积占全县面积的三分之二。热尔大坝，又称万亩草场，就在这个地区。这里不光是国内草场覆盖面积最大的草原之一，散落其间的海子（湖泊）、沼泽，形成草原湿地，具有"地球肺腑"之称。从草原迂回而过的黄河九曲第一湾，安静地躺在唐克大草原的怀里，似一条闪亮的哈达，佩挂在草原的胸前。闻名遐迩的名骏——河曲马，从古到今，都享有盛名，记得杜甫有诗赞誉："竹披双耳俊，风如四蹄轻"说的就是河曲马。散落在草原上的藏民族，逐草而居，游牧为生，信奉藏传佛教。

若尔盖，天边的若尔盖，一块远离尘世的人间乐土，一块未曾开发过的处女地，就这样矗立在四川的西北部，矗立在川西北的高原上。因其美丽富饶，且处于边界，难定归属，千百年来不乏兵戎之争，而历史总是用博大的胸襟来包容人类的贪婪、欲望与权势。战马驰骋而过，山河恒久不变。潘州古战场，包座战役遗址还在这块土地上无声地述说着历史的变迁。

处于特殊地理位置上的若尔盖，在空旷的大草原和原始森林覆盖的地方，从一个村落到另一个村落，需要好几个小时甚至好几天时间，所有的信息都靠口头传播，其发展落后于内地至少半个世纪。

1953年，解放军在清剿国民党残余流寇之后，开展了轰轰烈烈的民族改革运动，一大批建设者、援藏干部、青年学生相继来到这块土地，修公路，建电站。医院、学校、邮电通讯等一系列配套机构相应而生，沉睡千年的高原被唤醒……

随着时光的流转，这些建设者的子女也相继来到人世，上承下传，他们的一生，又是一幅幅美丽的画卷……

雏 雁 飞

1979年7月，在若尔盖县中学中考的教室里，刚满十五岁的弟弟和十三岁的小弟正参加高中数学考试，弟弟不时扭头观察邻桌的小弟，生怕只读了两年"五·七"中学的小弟有什么闪失。铃声响过，交卷了，晃眼一看别人的试卷都密密麻麻写满演算题，自己的卷子怎么就填空一项啊，一折叠，才发现反面还有试题。脑袋轰的一声响：完了，考砸了……

高中落榜了，县内没有开办补习班，别的落榜同学都回家等待招工。父亲和母亲商量："我看，还是送回老家插班继续读书吧，不读书以后做什么都不行。"父亲当初随民改工作组来到若尔盖，任县委书记的通讯员，后来安排他去区委任职，因为没有多少文化而自动放弃，要求到了邮电部门工作。用父亲的话说："当领导没文化，传达错了上级的指令，那是要犯错误的。搞通讯，只要人在，就没有完不成的任务。"

随后，弟弟被送回老家射洪县一个乡村中学插班补习。

借住在舅公家，比弟弟大四岁的小表叔在读高中。每天一大早，叔侄俩就赶往公社中学上课，天黑才回家，五六公里的田间小路崎岖狭窄，一到雨天就满是泥泞。一日三餐红薯稀饭，这在当地农村还是上好家庭的饮食，虽苦，但能插班读书，还是欣慰。弟弟的到来，自然给舅公家增加了不少麻烦和新的困难。可那会儿，父母因公受伤的身体和五个孩子的生活，使得这个在机关单位的家庭无比困窘，只好求助于农村的亲戚扶持。那时，大姐十九岁，在一个牧场下乡当知青；我十七岁，高中毕业在一个电站工地做临时工；弟弟十五岁，家里还有十三岁的小弟和十岁的小妹在读书，生活还真比农村的好不了多少。

转眼过了三个月。一天，小表叔匆匆找到弟弟："文田，你父亲发电报来说，他们单位内招，问你回不回去？"

"回。"招工就意味着多一人挣钱，弟弟立即站了起来。

"只有三天时间了，不知能赶上不？再说，我也要考试，没人送你啊。"

"不怕，你带我到县城，把路费给我，我自己回。"弟弟忙不迭收拾书包。

小表叔把弟弟送到射洪汽车站，看着他上车才离去。射洪到成都有三百多公里，弟弟抵达成都西门车站时已是下午四点多。

在售票大厅买票的时候，看有人买了若尔盖的车票出来，凑上前去："叔叔，你是去若尔盖的吗？你住哪个旅馆，我挨你住行吗？我爸爸是邮电局的。"一个十五岁的孩子，第一次单独出门，自然有些紧张。

高原县城不大，整个县也就四万人左右，县城机关单位不过一千多人，很多都有过一面之缘。说起父亲的名字，那人露出亲热的表情。之后两天，住宿、上下车、吃饭一直带着弟弟。

第三天傍晚，客车抵达高原小镇——若尔盖县城。

十二月的若尔盖，已是一片银装素裹，气温在零下二十多度。简陋的车站除一排砖瓦平房，就是一空旷的停车场。下车活动了一下冻僵的手脚，背上书包与同行的叔叔告别，转身朝邮电局跑去……

第二天就是全州邮电职工子女的招工考试时间，县局已经把应考人员名单上报州局。

"董叔叔，我回来参加招工考试，报个名嘛。"弟弟推开局长办公室门怯怯地说道。

局长抬头一看弟弟，瘦瘦的个子，一米六左右，红红的脸蛋，喘着粗气，才从内地回来，缺氧，加上刚才一阵小跑，显得气喘吁吁的。局长皱了皱眉头说："你多大了？我们招工是要满了十六岁以上的哦。"

心里一怔，这刚过十五岁，别还没考就给淘汰了。"满十六了，过年就十七。"弟弟立即应变道。

局长很是疑惑地看了看他："你找地方住下吧，明天过来参加考试就是了，我马上补报你的名字。"

第二天，笔考一完，弟弟搭乘便车回到了巴西区。

"怎么这时候才回来，招工考试时间已经过了。"父亲坐在值班室藤椅上吧嗒着叶子烟。穿在身上的钢架背心支撑起他伤残的背脊，缠着中药的右脚架在小板凳上，没有动弹。

父亲的腰伤是在一次运送电杆时从车上摔断的。脚上的伤则是在检修线路时，他在电杆倒下的瞬间跑上去救同事，砸成粉碎性骨折的。

"我已经考过了，局长叫我回家等消息。"弟弟得意之情自不言表。

"丁零零……"一阵电话铃响起。父亲接通后听对方说了半晌，放下耳机对弟弟说："叫你妈过来。"

母亲进来后，父亲很神秘地对母子俩说："全州十三个县招工考试，文田考了第一名，州局说留州里面工作，可他年龄不够招工要求，怎么办？"

"怎么办？"母亲既是兴奋又是担忧。

"局长说，如果留县局，让他做报务员，这样不光可以照顾我们家，局里也好帮忙掩盖一下。"父亲不紧不慢说着。转眼看弟弟，见他正憨憨地笑。

可是没两天去报到，一女生顶了弟弟报务员的名额。弟弟只好去了铁布区，做了邮递员。

雪　盲

在铁布的两年时光一晃而过。饱受伤痛折磨的父亲因继发高原性心脏病去世，为照顾一样因公伤残的母亲，弟弟调回了巴西区。

巴西在中国革命历史里，占有浓重的一笔。当年红军两万五千里长征，在巴西召开政治局会议，这是一次决定党和红军前途命运的关键会议，在中共党史上有着重要的历史地位。

在这个原始、封闭的地方，除了红军长征大规模进出的那一次，平时极少有人与外界联系。民族改革运动开始之后，少数的支边干部在这里展开工作，与外界唯一的联系就是父亲守候的电话交换机，和人背、马驮、自行车运送的报刊邮件。

父亲作为第一批邮电工作人员，在这个边远的山区一待就是二十多年，直到把生命献给了这块土地。而今，接替他的是他生命的延续……

从县城到巴西区每隔一天的邮递，完全是靠自行车驮运来完成的。弟弟自从回到巴西区，便常年奔走在这条崎岖的山路上，夏天还好，有便车可搭乘，冬日里那日子就不好过了。

记得有一次大雪没多久，若尔盖整个草原陷入一片白雪皑皑之中，县城至班佑垭口整个一片苍茫，一大早弟弟便骑着自行车出发了。迎着东升的太阳一路前行，刺眼的阳光裹夹着雪风迎面扫来，在白色的阳光下，感觉有针刺入眼球似的，疼痛难忍。弟弟加快脚下的力度，心想，骑快点儿吧，翻过垭口就有树林了，林荫下阳光没有那么刺眼，眼睛会好受一些。

风驰电掣般的速度带起的风直往领口里灌，头似乎有些眩晕，胸口开始发闷，不对，双眼也开始胀痛，眼球仿佛要从前额突出来一般，眼前一道道白光闪过，随即黑白色的光斑也在眼前纷乱闪现，弟弟想抬起一只手揉搓一下眼睛，可手怎么也不听使唤。自行车在惯性下还在疾驰，弟弟眼前一黑，什么也看不见了，人和自行车一起摔倒在雪地里。

"雪盲症，完了，我的眼睛瞎了。"弟弟心里瞬间闪过这个念头，随即惊恐地趴在地上开始哭喊："妈妈，爸爸，我看不见了，我看不见了……"

雪盲症，多可怕的事情啊，在这前不见村后不着店的地方，一旦患上雪盲症，那可是致命的，这里一天也见不着一个过路的人，谁也不会知晓什么时候身后就会冒出一头狼来。想当年母亲背着小妹回巴西的时候，就是在这一路段遇见过苍狼的。

而这个时候，在县城至巴西十五公里处的班佑草地上，白雪覆盖的荒原里，弟弟和他的邮车就像一个小黑点一样搁置在偌大的荒原里。不管弟弟的呼声有多凄厉，他在这寒冷的雪风中一样显得那么渺小和无助，风一刮，所有的哭声、呼声都消失得无影无踪。

弟弟挣扎着爬起来坐着，脱去手套捂住双眼。哭不是办法，得想办法摆脱眼前的困境。弟弟冷静下来，一边用手捂住双眼，一边想，得先止住眼睛的疼痛再想办法离开这里。

咦？冰冷的双手捂住眼睛似乎没那么疼痛了。弟弟心里一动，赶紧用手再次捂住双眼，不一会儿，捂住眼睛的手便被滚烫的眼球灼热，疼痛又开始加剧。弟弟顺势将双手插入雪地，等双手冰凉之后又再一次捂住双眼，就这样，弟弟双手不停地交换着，一会儿插入雪中任其变冷，一会儿捂住双眼给眼球降温，双眼的疼痛开始减弱。

在这雪域高原的送邮路上，雨雪中总会遭遇不同的事件，弟弟想起当年在铁布石峡口冻僵的那次，区卫生所的卫生员就是用白雪不停地搓揉他的身躯和四肢才救回他的一条小命。想到这，弟弟抓起一团雪在眼球上不停地搓揉起来……

时间不知道过去了多久，弟弟试着睁开双眼，啊，眼前有了微弱的光亮，弟弟心下狂喜：嘿嘿，有救了，有救了。弟弟不停地用雪搓揉着双眼，双耳警觉地聆听着四周的动静，谢天谢地，虽说是冰天雪地，幸好是太阳天，又没遇见什么野兽，否则，不被野兽吃掉也会被冻死，要不然，这大半天时间，不知都投生几回了。

太阳快下山的时候，阳光也不再刺眼了，弟弟微闭着双眼试了试，两眼已能模糊看见马路，弟弟翻身爬了起来，活动了一下几乎快冻僵的身子，将自行车推上马路，翻身骑上自行车朝山那边的巴西奔去……

雁 分 飞

冬去夏至，整个高原的黄金时节又到了，草原已是一片繁花似锦，而林区郁郁葱葱，生活在这块土地上的人们也开始忙碌起来，牧区放牧牛羊，农区耕地、伐木、搜猎、采挖药材。

这时，作为全国三大原始林区之一的包座原始森林已经开始开发。这时候总是有成群结队的汽车进山来拉运木材。山里来往的人多了起来。有车就有路，有路就有人。邮包也越来越大，靠自行车运送越来越艰难，选择搭乘过往的汽车自然比自行车方便、快捷多了。

木材检查站是这些车辆必经的关口。值班员小惠是一位身材健硕、相貌甜甜的姑娘，进山的车辆，必须经过她的检查才能通行。

弟弟生性腼腆，看见值班室是一姑娘值班，总是远远地在路边走动，等候驾驶员经过时才上前请求搭乘，这样一来，副驾驶的座位就被那些捷足先登的人占据了，弟弟只好落座于车厢或者原木上，汽车开动起来，风大寒冷，颠簸摇晃，十分危险。好几次从县城回来都冻得无法迈步。

小惠看在眼里，久了，自是为弟弟担心。主动为弟弟安排座位。那些驾驶员对检尺员的安排自是唯命是从。

"文田，取了邮包就去县委招待所，那里的驾驶员我都打过招呼，你不用站在桥头等车了。"小惠总是在弟弟出班前把这些事情安排好。

不用去桥头候车，自然就少受许多冻。高原的天气，早晚温差很大，即使在七八月份，相差也有十多度，夜间不穿大衣根本无法出门，天一亮就出门候车，那味道可不好受。

好多时候弟弟到了检查站，小惠已经做好了饭。等车的时间，弟弟总喜欢为她弹上一两曲吉他，要不，就是下上一两盘围棋。在两个人对望的眼神里，爱的火花开始迸发……

不久，小惠的父母通过关系把她调到内地。对高原生活的人来说，到内地就意味着脱离艰难与困苦，脱离原始与落后，也更意味着走进了现代文明，走进了时尚与富足。

小惠就要走了。临行前，小惠对刚从县局取回邮包的弟弟说："我父母叫我告诉你，如果你同意调到内地，我们就继续保持恋爱关系。"

弟弟望着小惠，眼睛湿湿的，什么话也没说。而后，转身从检查站值班室取下吉他，背在背上，从抽屉里取出围棋，拿在手里，随后，拖着邮包向邮局一步步走去……

弟弟告诉我，那个时候，他根本不敢开口说话，一开口，泪水绝对汹涌而出。

之后，忧伤的吉他总是在夜里响起，弹的最多的还是那首《草原之夜》。在那些昏暗的灯光下，不知道有多少人读着远方寄来的情书，而那个传送情书的人，却在月夜里凭吊他早逝的爱情。一把吉他，就这样在皎洁的月光里，倾诉着满腹忧伤……

羽　翼

日子不紧不慢地过着，为节约开支，县局取消了求吉、阿西公社的乡邮员，所有报刊邮件都由区邮递员派送。于是，弟弟在无法搭乘便车的时候，一辆飞鸽牌自行车作为他的交通工具，既要接送县城到区公所的报刊和邮件，又要给附近几个公社投递报纸。

县城到巴西六十里山路，一天来回，一百二十里路，临近县城的草地都是上坡，空旷的草原常有藏獒追逐。如果是在夏天，暴雨季节，翻浆路凹凸不平，百十斤邮袋加上自行车扛在肩上，常累得双眼冒金光。如果是冬天，临近巴西这边的山路就更为危险。

每年一到十月份，大雪就渐渐地飘了下来，县城边的大河封了冰，冰面上可以跑马，通车。很多单位开始轮休，县城空旷的大街上，几乎看不见人。即便是红火大太阳的天气，室外温度也在零下十多度，即便如此，每天派送报纸的工作依然不会中断。在高原雪域，不光物质严重匮乏，精神生活一样匮乏，这些留守人员最渴望的精神大餐便是每天的报纸邮件。

1984年春节临近了。大年三十最后一班邮车到县局已经晚点，等待在县局分发室的各区乡邮递员正焦急不安，这天要是黑了下来，可别想回家过大年了。

封好邮袋已是黄昏时分，几个乡邮员立即扛起邮包冲出邮电局大门。

"文田，你路上小心点儿啊。"在分发室上班的姐姐追出门再一次叮咛。

眼看天就要黑了，实在是不放心。

"知道，我走了。"弟弟把邮袋绑在"除了铃铛不响到处都在响"的破自行车上，转身骑了出去……

邮车按规定使用五年就要换新的，可这些老掉牙的邮车已不知用了多少年了，局里也想给换，可高原边城，也就这条件，再艰苦再破旧，也只有坚持。

自行车载着弟弟和邮袋飞快地行驶而去，满是白雪的山坡在两边闪退，因为骑车运动，在如此寒冷的气温里，倒也不觉得寒冷，只是雪风穿过狐皮帽子，耳朵冻得生痛。还好，一路顺风，没费多大劲儿就到了垭口。

翻过山梁，崎岖的公路上结满了冰块，山道转弯处，大面积的冰面路很是危险。这一百多斤重的自行车在三十多度倾斜的下坡路上狂奔，山风刺得睁不开眼，刹车手把捏断了也刹不住车。车刹冻得生硬，在钢圈上摩擦，比上了油还滑，根本起不了任何作用。眼看就到最大的转弯处了，那儿有几百米冰面路，自行车以这速度冲上去，可别想活了。

风呼呼从耳边刮过，弯道迎面扑来，双脚使劲儿摩擦在地面，感觉鞋底已经起了烟，自行车还不见减速，白花花的冰面已经到了眼前，来不及了，看来今天不死也要摔成半条命。就在绝望袭来的时候，右侧一丛柳树闪来，心念一动，笼头一歪，径直朝柳树冲去……

车，停了下来，人却摔到了山沟里。半晌，才提上一口气。等满眼的金光退去，睁眼一看，满天的星星正一闪一闪在天空眨着眼。身边的微风轻抚脸颊，右脸顿时有了烧呼呼的感觉，一摸，全是血，半边脸摔得稀烂。冬天血液不容易凝固，不一会儿，满身都是血糊糊的了。动了动，手脚似乎好好的，只是左腿有热乎乎的感觉，原来，一截干枯的柳枝戳破了左边的裤子和大腿。站起来，风一吹。裤子像一面残破的旗子随风舞动起来，像极了战场上下来的残兵败将……

回到家已是半夜，年夜饭热了又热。

"妈妈，我想买辆摩托车。"弟弟趁母亲为他擦伤说道。

"自行车换新的是不可能的，现在拉木料的车也少了，我还要负责几个乡下的投递，三天一班，我跑不过来。"

"一辆摩托好几千，家里哪有那么多钱啊。"母亲皱了皱眉头，这好几千，在当时可是天文数字啊。

"买不起新的，买辆旧的嘛，我每月工资都交回家。"继续软磨硬泡。

"旧的要好多钱？"

"一千。"

"天，哪里找这么多钱？"妈妈睁大了眼睛。

“我妈最能干了，想得到办法。”为了摩托，什么话好听拣什么说。

母亲能想什么办法啊，那时候，我们前面三个大的虽然都工作了，每月几十元的工资也只够自己的生活，家里两个小的还在读书，开销很大。母亲常常利用下班时间去附近山坡挖点儿药，或者是帮人做点儿手工，赚点儿外快也都用在孩子读书上了。

“这样吧，过了春节我们回家乡看有办法不。”

春节一过，弟弟和母亲回了老家射洪县，在生产队本家大爹那儿借了一千元。一周后，一辆“幸福牌250”随着弟弟，驰向了天边的若尔盖……

红　信

“阿洛文田，这个信没有名字，咋个送啊？”包座乡邮员黑哥拿着一封已经磨得翻边卷角的信找到弟弟，在其憨厚的脸上，一副无可奈何的表情。弟弟接过信件一看，泛白的封面上，三颗红色的五星排列在信件的左上角。收件人地址写的是四川省若尔盖县包座乡，并没有具体的村寨地址，收件人姓名写着红军女战士×××。弟弟记得半年前这封信就送到县民政局、党史办、派出所，以及巴西、求吉、包座各县政府巡查过，并没有查到收件人。

按投递规定，半年以上无法送达的信件，可以按死信退回原址。

弟弟拿着信件思量着，要不要将这封信退回原址呢，心里非常纠结。记得前段时间求吉乡一名流落红军的身份得到确认，远在千里之外的亲人寻来，那份欣喜与激动，令在场的人都流下了眼泪。

弟弟将这封信收进自己的邮包，对黑哥说：“这次邮班我们一起走一圈吧，或许能找到收信人。”

时正夏雨连绵之际，山区多发洪水，几个乡的公路都已冲断，摩托车自然派不上用场，黑哥的马匹正好当了脚力。

说走就走，弟弟将积攒了一周的报纸和邮件收拾好和黑哥上了路。

巴西至包座，按正常路应该往求吉方向走，至甲基分路进入包座区域。而今路途中断，两个人便决定从班佑寺院绕道进去，翻过包座牧场进入包座公社的远牧场。记得昔日红军进入包座时，也是得以当地向导带路，绕道进入包座乡，并从布防森严的国民党阵地后背突袭，这才取得了进入草地之后的第一场大胜仗。

两天后，弟弟和黑哥从崎岖的羊肠小道进入了包座乡远牧场。进得丘陵状的高山牧场，炎热的太阳晒得人困马乏，弟弟说："黑哥，这附近有人家没有？要不，我们休息一会儿。"

黑哥用手搭在额前望了望天空，指着远处一个黑点说："那边有一户远牧人家，我们快点儿走吧，云开始黑了，要下雨的样子。"说着加快了步伐。弟弟抿了抿干裂的嘴唇跟了上去。

不一会儿，一片乌云压过来，接着噼里啪啦的雨点也跟着打了下来，黑哥和弟弟用雨衣将邮袋盖好朝不远处的黑色帐篷奔去。

等到两个人停在黑色帐篷边时，一位六七十岁的老阿妈撩开帐篷将两个人迎进帐内，弟弟赶紧取下邮袋，不管怎么掩盖，邮袋一角还是被雨淋湿，弟弟取出邮件和报纸，准备借助篝火将淋湿的信件烤干。

"阿洛，恰玛通。（藏语：老乡，请喝茶。）"阿妈弓着身子将一碗马茶递给弟弟，低垂的眼光扫过弟弟拿着信件的手。就在阿妈话音还未落下之时，捧着茶碗的双手一颤，一碗茶连同茶碗一起跌落在地，阿妈整个人如雷击一般，张嘴结舌定在那儿，双唇不停地颤抖，半天才冲出一句："红军！"随着变调的红军二字一出，大滴大滴的眼泪也从阿妈的脸上流下来，阿妈一把抓住弟弟手上的信件，哭不成声。

弟弟和黑哥也被眼前的情形怔住了，弟弟意识到，这个阿妈一定和这封信有关，赶紧询问："阿妈，您是红军吗？这封信是不是您的？"阿妈并不理会弟弟的询问，只把那捆信抱在胸前，又是哭又是笑，神情近似癫狂。黑哥也用藏语询问，好半天阿妈才用藏语说，这个红星是她的部队。

阿妈早已不会讲汉语了，也根本听不懂弟弟的问话，等黑哥用藏语告诉她，这是一位红军将士寻找亲人的信件时，阿妈才告诉黑哥她的闺名。恰好与信件上的名字吻合。

原来，红军长征经过包座时，阿妈因有身孕时常走入路边林里方便，不小心被躲在林中的藏兵抓获带进山寨，而她的丈夫和她所在部队因急着赶路，四处寻不见便匆忙离开，谁知这一离开，便是半个世纪。

带走阿妈的这个藏兵将她藏在家里，等她生下一个儿子，便带她离开寨子到了远牧场，为了养大儿子，阿妈只好做了这个牧人的妻子。

山寨人口登记普查，没人知道她的姓名，更没人知道她的来历。

要不是机缘巧合，弟弟和黑哥绕道路过远牧场，要不是这场大雨淋湿邮袋，要不是阿妈正好在帐篷里，这一段生离死别的故事，便会如石沉大海，再无揭开真相之时。

帐篷外的天冬雨早已过去，弟弟和黑哥如释重负一般，收拾好邮包又开始上路。临了，弟弟告诉黑哥，赶紧向乡里和县里汇报，让流落的红军阿妈早日与她的亲人团聚。

爱在转身处

一晃好几年过去了。身边好多同龄人顺应着时代的变化，下海经商，联系内调，忙得不亦乐乎。弟弟除了正常的邮班投递，空闲时间总是喜欢看书，报考函授等，当初只为打发时间，没承想，多年以后，这些知识为他的工作奠定了扎实的基础。

弟弟二十三岁了，我回家旁敲侧问过好几次，很想知道他的感情走向，可他总是用沉默回答。只是，一到有月亮的晚上，他就会把自己关在简陋的小屋里，不是对着围棋发呆，就是弹拨起忧伤的吉他。

清凉的夜晚，如水的月光泼洒在冰凉的大地，院子里的白杨树发出沙沙的声响，这些白杨树，还是当年父亲带着我们姐弟五个亲手种下的，小树苗已经长大，高出屋顶许多，夜空里，似乎能支撑起整个天空。

透过窗户，能够看见弟弟抱着吉他依墙而坐的姿势，吉他声时断时续。

"唉，这孩子又在犯傻了。"母亲对新来的徒弟二妹说。

二妹小巧玲珑，皮肤白皙，一双眼睛又大又亮，用明眸皓齿来形容一点儿也不为过。而她的歌喉，犹如百灵一般，婉转动人，更难得的是聪明伶俐，个性鲜明。

二妹的父亲是县司法局局长，送二妹来粮站报到时，因为安排跟着母亲学会计，委托母亲帮着照顾，母亲便把她带回家吃饭。山区，没有饭店食堂，凡是来这里工作的人都是自己开伙，小姑娘新来乍到，什么都缺，有师傅照顾，自然乐得顺从。

二妹没来几天，就发现性格内向的弟弟总是喜欢独处。吃过晚饭后一晃眼就不见了影子，随后，隔壁的总机室或者分发室就会传出忧伤的弹吉他声，很多时候，一弹就是大半宿。

女性特有的细腻令她开始关注起弟弟来，在那双长长的睫毛下，一双含情脉脉的眼眸，总是盯得弟弟无路可逃。不知道什么时候起，值班室出入的人影变成了两个，在越来越欢快的吉他声里，优美的歌声总是伴着阵阵欢笑荡漾在邮电所的上空。弟弟明显开朗多了。母亲看在眼里，喜在心里……

世上没有不透风的墙，也不知消息怎么就传到了县城，二妹的父亲勃然大怒。是啊，怎么着二妹家也是干部家庭，就姐妹两个，家庭条件优越。而我们家，自从父亲去世以后，母亲供养两个小的弟妹，很是艰难。而弟弟一个邮递员，单位没任何油水不说，交封信，连八分钱也不能免，收入还没做零工的高。邮电局很多大龄小伙子实在找不到对象，就由父母做主，回家乡农村娶个媳妇过来，日子过得紧巴巴的。城里稍有点儿姿色的女子，都攀上了高枝，谁还看得上邮递员啊。像二妹这样出身干部家庭，人又长得俊俏的美女，和弟弟之间自然隔着天堑一样的壕沟。

一纸调令，二妹去了县卫生局。

县里某领导找到弟弟："文田，你条件不错，只要放弃和二妹继续来往，你想到县里哪个单位都成。"看来二妹的父亲下了狠心要拆散这对有情人。

"不。"弟弟低着头，态度坚决。

"调你到公安局去，也不想去吗？"

"不去。"

就在弟弟回到区邮电所，在自己接送的邮包里分拣出一封置名自己收件的信件时，二妹父亲的责骂也到了。那些刀子一样的话语，刺得弟弟不停地流泪。是啊，卑微的家庭，卑微的职业，可感情并不卑微。弟弟放下那封信，抱着吉他，又一次弹了起来……

门，"吱呀"一声开了，弟弟慢慢抬起头来，只见二妹满面泪水，风尘仆仆地站在门口，弟弟丢下吉他，一把将二妹揽进怀里……

原来，二妹知道了父亲所做的一切，和父亲大吵起来，父亲扬言脱离父女关系，二妹毅然转身走出家门。她在寒风里拦下一辆拖拉机，毫不犹豫地爬了上去，一路颠簸，一路风尘，就这样出现在弟弟面前。

第二天，弟弟和二妹去了区公所办理了结婚手续……

折不断的翅膀

常年的邮递工作，风寒侵入，弟弟患了严重的风湿病。

一日，太阳出来老高了，还不见弟弟起床，母亲撬开窗户进去，才知道他双脚已麻木得无法动弹了。此时，弟媳正在马尔康卫校读书，已经怀上了孩子。家里除了母亲，没人照顾弟弟。

"马上给县局请假，我带你去成都看病。"母亲沉着脸命令弟弟。

母子俩在省医做了检查，确诊病情后回了老家。我同学的母亲在遂宁县人民医院当医生，母亲带弟弟找到她们住了下来，这时候，弟弟的双脚已经失去了知觉，年近五十的母亲就那样背着一个一米八三的壮小伙子在针灸、理疗科来回奔走。

"妈妈，不要背了，我们回家吧。瘫就瘫，我不怕。"弟弟不忍心母亲如此劳累，他知道母亲在单位曾经受过腰伤，天气变化的夜晚，常听见母亲悄悄呻吟。

"医生说，坚持针灸可以恢复的，我们不能放弃。"母亲，这个坚强的女性，在丈夫重病，自己受伤，并要养育五个孩子那样艰难的日子里，从没有放弃过，而今，面对儿子的病情，更不会轻言放弃。针灸、理疗的同时，打封闭、寻中医，中西结合，一月后，弟弟站了起来……

邮路是不能跑了，接任了支局长的工作，仿佛更忙碌了。

每月的薪水没见交给母亲不说，连弟媳那边也一分没交。摩托车需要加油、维修，那点儿工资根本不够，母亲除了自己省吃俭用，空闲时间总是上山挖药挣点儿外水，买摩托车借下的款项什么时候还的，我们都不知道。

一天，弟弟拿了一支猎枪在玩。

"又乱花钱买这些不务正业的东西，小心走火伤着人。"妈妈看见，声色俱厉地说他。

"同事买的，我们知道注意，不会出事。"弟弟转身发动摩托车出了门。

"风湿刚好点儿，又去骑摩托，不要命了啊？"

"我们去查线，一会儿就回来。"弟弟和线务员背着猎枪，跨上摩托车，一溜烟没了踪影。

在十五公里桥头发现了故障，爬上电杆，刚接上电线，一条藏獒已经冲到身后，线务员正端着猎枪，一个转身，对着藏獒扣动了扳机。一声闷响，那条藏獒倒在地上一阵抽搐，没了动静。

"遭了，狗被打死了。"

"快跑，一会儿牧民追过来就跑不脱了。"

两个人跳上摩托车赶紧溜之大吉。

真是"跑得脱和尚跑不脱庙"。第二天县局的电话就追了下来。弟弟当即赶到县城，向那牧民道歉，并说明了当时的情况，要不是防卫及时，还不知伤着谁。

那牧民也没过深追究，毕竟他们是在工作范围内的正当防卫，属过失杀了藏獒。

索要了十斤酥油作为赔偿，相当于一月工资。按规定，县局扣除了两个人一个季度的生产奖。

没想到的是，弟弟送酥油去的时候，那牧民和弟弟聊起天来，竟很是投缘，遂将弟弟拉进帐篷，盘膝而坐。两个人大碗喝酒，大块吃肉，竟像多年至交一般。当他知道弟弟因长期送邮件患下严重的风湿病之后，坚决要把藏獒的皮送给弟弟，说："狗皮做的褥子，你睡在上面，哪里都不会痛。"

鸿　雁

一晃三十多年过去。弟弟从一个邮递员开始，跑遍了铁布、巴西各山村乡寨。而后，担任邮电所长、邮电支局长、县邮政管理员，草原的每个区乡、牧场，无不留下他的足迹，多次在全国行业评选中，被评为优秀管理员。

1998年，接到州邮政局通知，调松潘县邮政局任职。此时，全国邮电已经分家，姐姐分配在移动公司，我老公分配在电信，弟弟依旧在邮政局。只是这之后，他便转辗于松潘、红原、阿坝几个草地县，每到一个地方，都取得可喜的成绩。

前几日，在北京开会的小表叔来电话和我拉家常，说起今年8月份去草原走了一圈，被高原美丽的景色深深震撼的同时，也为我父母和我们姊妹在高原艰辛工作一辈子而感叹："要是叫我在若尔盖工作，我宁愿在家乡农村生活一辈子。"我明白他的意思，这并不是对地域的歧视，也不是对工作的不屑，而是对那一方环境、气候和生活的恐惧。

和弟弟聊起，当初和他一起前后参加邮电工作的人，就小小的若尔盖县局，全局不足五十人，这些年来，没满五十岁就把生命交付给草原的，已经不下十人：有的倒在送邮的途中，有的因为恶劣的气候导致病魔吞噬；有的……其中包括我英年早逝的夫君……

这些支边的绿衣使者，就像一群群大雁，从草原上空飞过，大写着一个个"人"字，坚韧、执着、有力。

天空没有留下任何痕迹，可他们都已经飞过……

2011.12.8

第二辑　柳风拂灌州

烟雨泊江，汇入岷江水流
古灌州快马加鞭，从青城山一路向西
慧园、蒲阳镇、赵公山、石羊场
鲤鱼沱的风声穿过旧时光
柳风醉在了南桥
槐花、桂香，逃不出舌尖上的江湖

泊江烟雨话海棠

对安龙海棠早有耳闻，虽近在咫尺，却疏于出门，一直不得前往。数日前，朋友相约拍摄海棠花，没承想元宵节一场夜雨，淅淅沥沥落至今日，不见收敛。朋友心急，怕误了花期，遂相约于烟雨之中踏春寻花，走访安龙。

车至安龙镇，沿海棠大道驶入相思河畔，首先进入眼帘的是泛着蓝色波光的河湾。细雨为河堤两岸若隐若现的景物蒙上了一层朦胧面纱，远处的河心岛、滩涂、沙丘以及周围湿地里的凉亭茅屋，妆点出一幅水墨画，让人仿佛觉得回到了旧时光。

早起无意间穿了一套民国风衣裙，这个时候却意外地融入眼下的景色里，一把雨伞，掣起一小片晴朗。伫立岸边，倚栏眺望，仿佛等待相约前来的良人。人未至，情已到，整个人都沉浸在一片相思之中，而那一瞬间的陶醉之情，恍惚间已不知这烟雨泊江是为何年。

这条河叫泊江。我无处考证泊江的由来，便自以为这条河流所包含的意蕴，一如隐于这里的先哲圣人，有着淡泊红尘之意。

沿河而下，步入名甲天下的海棠花基地，数千亩各色海棠即将应时而开。我们或许来得早了些，也或许是因了连日春寒料峭，二三月期的贴梗海棠大多未开，零星绽放的花朵散落在弯曲稀疏的枝干上极具灵性。它们或站立枝头，或隐于枝间，看徒步而来的游人穿过乡村田野，散入花林，去寻一份乡趣，觅一份乡愁，听一片乡音。

陆游曾有"成都二月海棠开，锦绣裹城迷巷陌；燕宫最盛号花海"，成都海棠花繁茂之极，有"花海"之誉。实际上，成都地区海棠花最繁茂的当属安龙。

海棠又称"解语花"，它还有一个更美妙的名字，即"花贵妃"，传说这是唐明皇将海棠比作杨贵妃而得名。

彼时，宫里遍种海棠，颇得皇上喜爱。一日唐明皇登香亭召太真妃，妃子卯醉未醒，被人搀扶而来，颜残妆败，鬓乱钗横，明皇笑曰："岂妃子醉，直海棠睡未足耳！"结果"海棠春色"便以此流传，海棠也有了美女佳人之意。

当我们一行进入川派盆景公园时，我被眼前那些奇形怪状的盆景所吸引，眼前竟浮现出宋朝《海棠蛱蝶图》的画面来。这画的作者已无从考查，它作为中国花鸟绘画史里的巅峰，竟是因了海棠的风骨所致，其实，海棠的风骨最为集中体现的还在于盆景，能把盆景艺术体现得最好的便是安龙。

安龙镇有一位远近闻名的盆景制作艺人——周海延先生。周老先生十二岁便开始学徒，而后广招门徒，将一门相传的高超技艺，连同独门绝技"三弯九道拐"广为传播，使得安龙的盆景不仅名扬华夏，还流传海外。这也就是安龙被喻为川派盆景发源地之一的缘由。

安龙的盆景，有的像苍龙盘旋，有的像灵蛇舞动，有的像大鹏展翅，有的更像是曲径通幽。而这里的盆景制作技师，上至八九十岁的老翁，下至十多岁的少年，在一门相传的岁月里，他们把盆景制作技艺发

迁徙的红柳

挥得淋漓尽致，传承至今。

在一胡姓人家的院落里，我们邂逅了一株自明朝留传下来的古木盆景，我叫不上名字，遒劲的枝丫还未泛绿，在已钙化的根部深处，几块嵌入树心的青砖，似乎还在等候昔日的主人上朝归来。可斗转星移，昔日的主人早已厌倦宫廷纷争，改名换姓隐于泊江畔，读诗书，勤耕农，不问红尘世事。

在我流连不愿离去之时，有三五个年轻女子相继来到树下，雨伞下那些如满月一般皓洁的女子，正叽叽喳喳说着什么，我凝神细听，竟得知这乡间还有一古老习俗，凡是初嫁的女子，海棠花开时节前来赏花，如有缘聆听到花开的声音，生下的女子必定聪慧貌美，生下的儿子，必定大富大贵。

花开预示生养，这在民间早有传说。我记得昔日在高原生养女儿那年，不光数次梦见花开，闲来无事种于阳台一角多年未开的草本海棠，竟也轰轰烈烈开了一夏。后移居都江堰，女儿结婚那年，植于花盆里的花草也茂盛了一个夏天。随后就是一个美丽天使的降临。

恰时，朋友正在一盆早开的海棠花树前微拍，我手执雨伞遮挡细雨。在相机缓慢曝光时，我屏住呼吸凝视那些沾满雨露的花蕾，这些三五成群簇拥在枝头的花儿像极了那些乡间女子，它们在羞涩间挤挤攘攘似乎想要跃下枝头，与人相携而行。不知为何，我心里竟生出些许感动，眼里无端冒出一丝潮气。而这个时候，一朵海棠花蕾动了动，我以为是幻觉，没承想它竟然噼啪一声绽开来，随即，一朵颤颤的花朵仰起湿淋淋、红扑扑的脸蛋望向这陌生的世界。颤抖中，我仿佛听见有喃喃的声音传来，它似乎惊讶于眼前突然出现的人和物，而我则惊讶于它的绽放与我的等待不期而遇，我甚至有些疑惑，难道这是上苍早已安排好了的吗？

随着感动的蔓延，我望了望四周，竟对这连日的春雨寒风也生出无限感激，是啊，是它们用寒气禁锢住海棠花的生长，才注定我不早一步也不晚一步，正好在它们怦然绽放时与之相遇。这是多少年的修炼换来的结果啊？

我突然想到这些年攀爬在人世间所遭遇的磨难，难道这也是上苍刻意安排的吗？它将万般苦难赐予我，难道是要我在劫难之后，等到花开一瞬，把饱含泪水的芬芳，随文字，随诗行发散到人间每个角落吗？

回望烟雨中的泊江和春寒里努力绽放的海棠，我的心情愈发明朗，人间万物既有定数，我们真没有什么理由沉潜在繁芜的尘世不开心颜。

2016.2.25

迁徙的红柳

春日茶心

灌州人喜茶，常三两友人相聚，水印长滩、都之都、江安河边、外河树林，一杯香茗，消磨几多时光。我一向不善此举，虽定居都江古堰近二十载，也常结伴前往，终是难改高原嗜好马茶的习俗，常弃香茗而以白开水打发散淡时光。

近两年，因了文字，与灌州文学圈里的才子佳人有了近距离接触，时与师长们抚杯弄茶，日子久了，也就渐入此道。数日前，与诸位老师小聚奎光书院，一杯香茗，竟让我在这春日，爱上了一杯茶心。

事也凑巧，隔日崇州作协相邀前往文井江镇参加第十二届龙门贡茶采摘文化节。文井江与柳街毗邻相依，我们虽说因了沿途集会的堵塞而迟迟抵达，只观赏了开幕式上的文艺表演，并没来得及去往茶山一睹采茶风韵，但也收获多多。

东道主取来枇杷贡茶分送诸位老师，众人辞别主家，原路返回。行至柳街一生态农庄，寻得一间茶室，十余人围桌品茗，竟是一份难得的雅趣。

三分春色，两分春水，浸泡着五分春心，这三月的春饮就有了十足的韵味。

水是龙门山下的清泉，茶是龙门山上的碧绿，人呢？饮茶之人自然是龙门山中的贵客了。就着一抹阳光，龙门山的精、气、神俱都汇入这绝世的芳香中，喝出的自然是一番荡气回肠。

当沸腾的泉水冲泡进玻璃茶杯，这些将春色凝固在一季生命中的新绿，突然间醒了过来。它们抬起头颅，一点儿一点儿舒展开来，有的像雀舌，鸣唱着春天的序曲；有的像琵琶，弹奏着山林的余韵；有的像一抹绿云，浮现出一片辽阔；还有一种红，像极了舌尖上的一吻。而这茶汤里飘浮出来的芬芳，更像是琵琶声里的叹息，生生把饮茶之人的心揉得酥酥的、痒痒的、碎碎的，竟是恨不得就此脱去一身世俗，回到一片澄明之中。难怪此茶素有"未尝甘露味，先闻圣妙香"之说。

我一直在想，龙门山枇杷茶，不光是因了形如枇杷叶才得名的吧。或许，这茶韵里暗含的琵琶之韵、琵琶之意境才是此茶得以传世的真正缘由，实际上枇杷也是因叶似琵琶而得名，它们之间，很难说没有内在的联系。

依窗而坐，抬眼望去，龙门山在远方逶迤着，近处的柳树已吐出一点点新绿，垂丝海棠粉艳的花朵有着摄人心魂的美，而春梅满树繁花堆积出的艳丽，让人心潮总是难以平静。我独爱那一树树洁白的玉兰，透过白云一般簇拥的树冠，我的思绪便回到八百里外的雪域高原。而此时，在一杯琵琶的茶韵里，昭君出塞的幻影便浮现眼前，那塞外的乡愁，是不是也和我此刻的乡愁一样铭心呢？

新茶有一种淡淡的涩味，诸位老师皆称好茶，我并不懂茶，无从鉴别，只好一杯在手，细细观摩。茶叶在沸水里上下翻滚，和自己在人世间苦苦挣扎何其相似，一时间竟生出些许伤感来。或许，这茶的缘起缘落，演绎的就是饮者的一生，一杯茶的浓淡，就是其生命的来去，而每一片叶，它所走过的沧海桑田，其实就是人生的四季，难怪甘苦自在其中。

　　几杯饮过，在越来越淡的茶水里，我更品出了另一种感觉。记得纳兰性德在词里说：情到浓时情转薄。他说朋友或情人之间感情到了最浓的时候，也就要变薄了。那么，这茶心是不是早就预见了这样的结局，于是便自行淡去，让饮者在茶心的来去里，终难忘却那一世深情。

　　春来春去，三月已是匆匆。其实，热爱与否，只在一念之间，这个春日，与茶相遇，就此深陷，或者就是宿命。而在杯盏之中，尚能品尝到春夏秋冬，品尝到四季人生，那就是意外收获了。

2015.3.23

醉在南桥

去往南桥，最好喝上一小杯酒，不多，有三分酒意足够。

斜靠在木制栏杆上，任清凉的河风从宝瓶口倾泻而来，穿过燥热的身躯，随桥下湍急的流水，呼啦啦远去。

南桥的夜晚是醉人的，沿河两岸喧闹的啤酒长廊，散发着诱人的气息。凉棚走廊里，炒大虾、醉田螺、煮毛豆，三五成群的游人，就着一河凉爽，把日子过得风生水起。偶尔有一两个流浪歌手，怀抱吉他，对着一桌面红耳赤的男女，煽情地弹唱，神情非常投入。那感觉，不亚于回到20世纪二三十年代老电影的场景里，也许是旧上海，更也许是老成都。只是，这些旧时场景再现于都江堰畔后，多了不少时尚的元素，而电吉他轰鸣般的音响效果与满河堤闪烁的霓虹灯，把整个夜色勾画得光怪陆离。

在川流的人群里，不时走来一个卖花的小姑娘，对着那些猜拳行令的汉子，低声吆喝："卖玫瑰花了，卖玫瑰花了。"在微醉的猜拳声里，玻璃纸包装起来的玫瑰花，被递到一个个或娇艳，或富贵的女人手里，这时，玫瑰花似乎也燃烧起来了，直烧得那些男人在女人们的笑语里，又一次次举杯，以至酩酊大醉。整个夜晚，消闲的人们一如酒杯里的泡沫，被酒精熏得失了真。而那些完成了使命的玫瑰，不一会儿就被丢弃在一堆堆残羹剩菜旁，香消玉殒。

实际上，南桥最精彩的大戏是在桥廊里。也不知是本地市民还是留住江边的游人，天一擦黑，就蜂拥来到桥廊，乘凉的，游览的，做小生意的，各取所需。

最喜欢那些卖荧光玩具，卖肥皂泡的小商贩，他们给南桥的夜晚，增添了一种如梦如幻的气氛。行至其间，总忍不住诱惑，就想买上一支泡泡，从而在那些飘舞的精灵里去捕捉童年的记忆。

这时候，常会有一两个小孩儿从那些盛泡泡的器皿里取出沾满肥皂液的小棍，迎风一举，晶莹美丽的肥皂泡就满桥飘舞起来，不时飞到游人的脸上、身上，甚至随风飘到下游很远很远的地方。

朋友林风、阿呆自云南而来，行至南桥，感叹：比丽江有过之而无不及。商业化了的丽江，其酒吧文化已经禁锢了原有的真，而过多的商业气息，只能让人浅尝辄止。

南桥就不一样了，这里是集文化艺术，世俗风情为一身的所在，难怪朋友不舍离去，游览青城山后转道又一次回到南桥。而我最为欣喜的是，原想带朋友见识一下都江堰除景区之外，最本真的面目，没想到，这里竟成了挥之难忘的去处。

我们混在游人里，四处欣赏悬空楼牌上书写的神话典故，民间传说，绘画诗文，不经意间，竟走进了一幅最为繁华的世俗图里。当林风蹲下身子与那只比熊犬嬉闹时，阿呆竟自对着桥上那个醉酒的白发老人笑了起来。这位看似有着军人气质的老人，一手提着两瓶啤酒，一手提着一袋卤菜，在人群里边走边唱，兴起处，从一流浪歌手手中拿过话筒，唱起了"毛主席来到了我们藏区……"而他身上斜挎的佳能单反，此时，已无法记录他这豪放的一幕了。

我能够想象得出，当这位老人来到南桥，被这里迷人的氛围所陶醉，他内心潜藏已久的愿望便疯狂地爆发，那些积郁在心的浊气也随奔泻而来的河水冲喉而出，他在醉意里，找到了真实的自己，而他的快乐，更成就了旁人的快乐。在众人善意的笑声里，南桥用它宽厚的怀抱拥抱着他，接纳着他。以至整个夜晚他都忘我地在廊桥上宣泄、歌唱，甚至醉酒。他的醉态，让我陷入了深深的感叹中。望着眼前川流不息的游人，我在想，他们一定是在都市里竞争久了，或者是在职场里打拼累了，这才来到南桥，以期让来自雪山的一河清凉和微风，冲刷、清洗掉累世的烦忧，并吼出真实的自己和一生的渴望，而后，还一片宁静给自己的内心。

这是一座不名的广场，南桥虽然矗立在玉垒山下数百年，但它一直静悄悄地注视着川流不息的人群，看历史变迁，看时光流转。只是，无论时代如何变化，那些穿流而来的人们，变的是容颜，不变的，依旧是世俗的繁华和淡然。

醉在南桥的夜晚，真好！

2012.8.22

赵公祖庙接财神

正月初五接财神，这在民间应是家喻户晓的事，可我大半生生活在高原，凡汉家人尽皆知的民俗风情，于我皆是一片茫然。进得内地，跟了当地人一岁一俗，也渐渐开始理会知晓诸多乡礼乡情，对博大精深的民俗文化，也就有了兴趣。

岁末与一文友出门谒拜财神，说是赵公山中财神祖庙当为中华财神第一庙。并告知昔日在大面山修炼的玄坛大元帅赵公明因在此升天，被民间誉为财神，赵公山也因此留名千年。兴趣盎然中，一路张望，恨不能一步踏入庙殿拜上一拜，以便早日求得平安富贵。谁知，凡事欲速则不达，几经周折，还是误入山后一农家小庙，财神庙招牌虽是醒目，守庙住持唯香火至上，余众只得扫兴而归。

小年至，文友许是内疚年前误导路途，再次邀约前往赵公山财神祖庙，说是此庙不光香火兴旺，更有志士倾心打造财道文化，以弘扬中华民俗为首要，这倒令我颇感兴趣，赶紧收拾出门，前往玉堂镇赵公山龙凤村。

天气有些寒冷，灰蒙蒙一片雾色笼罩在赵公山上，文友一路讲述赵公山的神话传说，声情并茂里，所述神话活灵活现，似乎满山皆可与神灵相遇。闲话中说到昔日麻溪乡的贾老爹，幼时随父兄进山采挖何首乌，就捡拾过一片蒲扇大小的厚朴叶，上显五尊佛像，带回家中供奉经年，后祖屋遭遇火灾，才与家财一并烧毁。

这故事真假不可考证，可赵公山产有千年何首乌倒是真的。在南桥桥头，我就遇见过山民手拿刚采挖到的何首乌沿街兜售。那碧绿的叶子，坚韧的藤蔓，酷似人形的茎块，给我留下过深刻的印象。

我们经熊猫谷一路前行，水泥路已修至山中，据说这是"5.12"之后修建的。地震之前，赵公山仍处于封闭状态，进山寻访颇为艰难。当我们抵达赵公祖庙时，正值万达集团与其联合举办首届财道文化节，在启动仪式上，十七路民间艺术团鸣锣敲鼓尽兴表演，那架势极为震撼。

我对祖庙大殿前正在演奏的一群老人极感兴趣，二胡、芦笙、横笛、扬琴、锣鼓铜钹一应俱全。我脑子里瞬间现出纳西古乐的影子，不对，应是青城洞经音乐，细听却又不然，蜿蜒流淌而来的音韵，倒有浓厚的川音蜀韵。询问之下，才知此为赵公山特有的玄坛古乐，流传民间已有数千年。

弦乐声声，锣鼓阵阵。来自玉堂镇西区艺术团的女将们，寒风中竟赤臂挥舞着鼓槌，敲出一派热闹火红的场景，看得我是目瞪口呆。道旗飘过，一群彩衣侍女簇拥着财神爷和善财童子缓缓走下圣坛。

中华财道文化促进会杨会长在接待室里讲起了挖掘财道文化的始末，其间的艰辛与困苦真是不足为外人所道。而他说到一件事却令我异常动容。我们在山门口遇见过一位老者，七八十岁左右吧，安静地站在人群之外，看庙里庙外一片喧哗，却显得异常安静。会长说的事就与他有关。据说大跃进那会儿，会长因分派进山守荒，正遇老人从部队退伍回乡任村团支书，这在那个年代，该是多好的背景和身世啊，当时托媒的人蜂拥而至，令许多人羡慕眼红。那会儿，会长常与老人聚一起聊山

迁徙的红柳

里山外的事，颇为投缘。后来会长考出山外，几十年后回到赵公山普查，竟发现昔日的团支书依旧单身一人，当时那些托媒而来的人，见此地如此偏僻贫穷，竟纷纷退媒另攀高枝。以至于一个相貌堂堂，根正苗红的大好青年却无缘问津姻缘，只得独守一身贫寒。会长曾去他家探望过，那破旧的茅屋可真是上可观星，下可穿风，守着财神却终身贫苦潦倒。这事对会长的冲击很大，于是，他立志挖掘赵公山财道民俗文化，决心带领乡民走出困境。

　　风云际会十几年，从生命的边缘攀缘而来的一群人，终于携手建成了赵公民俗文化学会，并挖掘、整理出一批弥足珍贵的文史资料，以至于享誉全球的万达集团，也慕名前来与其携手一同打造中华财道文化艺术，这才有了今日的盛会。

　　午餐时，我被一阵浓烈的酒香吸引，遁香而去，见有人正举杯酣饮，人说此为玄坛酒，又名财神酒。说是麻姑仙游至此，酿得美酒送与赵公玄坛护法元帅，而公明在不老泉边，掘得千年何首乌，服食后飞天，庙宇皆隐，唯余仙酒一坛。饮者说此事大面山薛昌洞里的碑文有记。饮者说到兴致处，遥指山后道："哎，那边不老泉边，就是赵公升天的地儿。"听得我是心情激昂，急欲寻访。

　　说话间，一陕西周至县的赵姓后人，寻访先人足迹上得赵公山来。于此，我便有机会更多地了解到赵公的传说：据说这赵公山是八百里青城的主峰，原名大面山。这里先后出现过三位赵公，一曰赵公元，乃古蜀隐士，七十五岁入山隐居，一百〇五岁现身；一曰赵公明，道教正一玄坛护法元帅，在不老泉边服食何首乌飞升受封，山也因他而名；一曰赵昱，乃随嘉州太守，慕公明之名辞官入山修道。而与此毗邻的岷山羌寨里也有与赵公相关的传说。对于财道文化我是一无所知，早年间在杂书野史里偶有见过，那也多是皮毛。中国地域宽广，文化历来为多源头，不管财神如何起源，也不管氐羌大巫师与赵公明是何关系，这华夏流传下来的财神，这岷江流域各族信奉的财神，如今能归结到这赵公山财神祖庙，也算是万源同归其宗。当然，这里可查的遗迹、碑文、史记比比皆是，今日被挖掘、整理出来，不光是财神之幸，也是天下民众之幸。

说到追踪溯源，痴迷于财道文化的人更是遍及世界各地。赵公祖庙数年前来过一赵姓高人，日食一餐，夜眠石床，平日里上山采药，炼制丹丸，救民于苦难之中，却不收丁点儿薪利，人称活神仙。我们到来时，他正在山下给人诊病。说起这活神仙，到与赵公慈善爱民、仗义济困的性情相合，难怪赵公祖庙如今这样深得人心，进山朝拜的人络绎不绝。说起朝拜，实际上也是人们祈求安居乐业、平安吉祥、大吉大利的美好心愿而已。

转眼天色暗了下来，时已近黄昏，心仪的几处景点和遗迹还未踏足，而对深厚的财道文化更是走马观花，不求甚解。迫于时间，只得打道回府，择日再来探寻。

临行时，道长送来开过光的圣坛财礼，一匣火柴，意喻红红火火发大财。多好啊，我也算接到了财神回家。

2017.1.21

夏日慧园

我从雪域高原下来，定居都江堰已近二十载，因身体时常抱恙，极少出门，以致誉满天下的青城山虽近在咫尺，却从未涉足。前年师傅任晋渝携妻儿来川，陪同至青城前山，坐过缆车后感觉体力不支，便停滞不前，任其一家攀山而去。去年挚友香尘前来，这下更好，老寒腿发作，无法步行，躲至山门茶楼，远方来客只得自行游览。

青城山的景色，前山多以景点、建筑、道观、庙宇等汇集。而后山，更多的则是自然风光与乡村风情。原始和自然的，都是我的最爱。因此，面对这样的去处，我总有小住数日的冲动。若能留住山中，便可随时听鸟语，闻花香；与山风嬉戏，与云霭交谈；甚至与山溪、流泉肌肤相亲，那是一种多么惬意的享受啊。

记得伊斯兰教典里有这样一句话："山不来就我，我便去就山。"现在想来这话颇有寓意。身居青城山下经年，却一直无法融入。面对巍峨青城，写诗作文，依然不曾离开藏地半步，诸多老师常嘱我写青城，亲近青城，可山一直不肯走进。而今，只得亲临山中，与山水结缘，去印证"我便去就山"。

在青城后山红岩风景区，有一座雅致的山庄，掩映在幽静的山水间，因吸取天地之灵气，日月之精华，如一位隐居在大山深处的绝世淑女，散发出一种超凡脱俗的气质。这，便是我们要去的慧园。

驱车前行，车过九弯十八拐，一路风光迤逦。正值艳阳高照，明媚的阳光折射出柔和的光线，透过道路两旁飞速闪退的枝丫，撒落一地，如一幅大写意泼墨，令人遐想无限。越野车穿行在斑驳的光影里，更是充满了迷幻般的感觉。

慧园已有些历史，旧时的慧园曾毁于"5.12"，重建后依旧保持着青城山民居的古朴风貌，土木混建的阁楼，原木制作的栏杆、楼梯、家什，有着摄人心魂的魅力。如若静坐茶亭，手捧香茗，沉浸其间，立时便会生出置身仙境之感。

许是山泉的甘洌所致，抑或是青城茶特有的质地，沸水冲泡下的香茗，透出淡淡的琥珀色，茶香四溢，令人垂涎欲滴。而此时，若是微闭双眼，深嗅毛尖淡淡的清香，而后捧书静读，品文中三昧；或与三五文友，吟诗论文，伴着身后林中传出的鸟鸣，山脚溪流传来的潺潺水声，陶醉其间，无论是凡是仙，皆不愿醒来。

民以食为天，山光水色只能滋养灵魂，而肉身凡胎依然要食人间烟火。山泉水烹饪出的青城美食，足以打败每个高举减肥大旗的美女。实际上，原生态种植、喂养出来的食材，青城老腊肉、跑山鸡、山溪青鲤，就连普通的不能再普通的山椒泡黄瓜，都有着美妙的滋味，令食者欲罢不能，更别说，经过道家音韵常年浸润出来的青城乳酒，那醒脑开胃的功效和醉人的醇香，更是美妙得无以复加，加之青城山人独有的厨艺，此味只应青城有，人间哪得何处寻。众人即便开怀畅饮，狼吞虎咽，亦无伤大雅，谁还会记得吝啬口腹啊。

酒足饭饱之余，斜靠在躺椅上，尽享夏日阳光；或散步林间小道，寻一份清凉。性情所致，可轻吟，亦可高歌；若玩心不老，尽可去溪边戏水。那儿，早已有一群孩童赤足追逐、跳跃在山溪、卵石之上，欢笑声中，他们撩起的水花，迎着阳光折射出耀眼的光晕，将天、地、人一并笼罩，如沐圣光，此时，天人合一，已然不知身在何处，魂在何方了。

慧园藏于山水之间，尽含五意：聪慧、智慧、颖慧、慧黠、慧心。

小住半日，已然寻得半分慧心，常年栖息于此，是不是会浸润上更多的慧质呢？

你若有心，尽可去试试。

2015.5.25

诗意陶兰加

"光与影的重叠/炫动在手中的奢华/如流淌
金沙高贵 醇香"
——摘自依顿向静《陶兰加之恋》

华灯初上，流光溢彩的城市夜景分外迷人。在依顿
高雅而浪漫的会所里，聚光灯，紫色帷幔，精美的玻璃器
皿，明亮的琥珀色，充满高贵、神秘的色调。一杯在手，
微醺在即，满胸诗意迸发，瞬间便合了这"一杯未尽诗已
成，涌诗向天天亦惊。"之境。

诗酿久了就是酒，酒喝多了便是诗。如果一定要给酒
加一个定义，那我首选陶兰加。

自法国波尔多引进并成功筛选出适配菌种，以中西技
术合璧研制的陶兰加酒，是都江堰的一张新型名片。这张
名片的诞生，离不开一个女人。

如果说女人是水，那清水只是小姑娘，当不得女人
的。只有富有内蕴的女人才是真女人。这样的女人，如果

再经过时间的酝酿，那就已经不再是水，是酒了。

在依顿会所典雅的会客室里，我见到了这样一个似酒般深蕴的女人——四川依顿陶兰加酒业有限公司的董事长向静女士.

在等待向静女士时，我进入了她开设在新浪网的博客——紫苑。这是一座文字的花园，诗歌的海洋。当那些清新、灵动，富有朝气的诗歌跃入我的眼帘，我有了一丝惊艳的感觉。

如果把商场喻为战场，那么，诗歌就是灵魂的栖息地。在紫苑，我看见一位脱下战袍，"当窗理云鬓，对镜贴花黄"的女子，蜷缩在诗的世界里，独自修行。她在诗里写道："也许/心只有在这里/才有更真实的呼吸/更美妙的 舒展……"

一个心里装着爱，崇尚爱情的女子，在她的世界里，必定有着一个伟岸的丈夫，他既是生活里的伴侣，也是事业的搭档，他更是诗歌里的主题，也是陶兰加的灵魂。因此，她在诗里深情地诉说："你是我心中/无法停止的渴望"。

都江堰是一块文化厚土，在这块土地上，隐藏着众多的贤人翘楚、现代儒商，他们潜沉在芸芸众生之中，独自修行素心。我眼前这位娇小可人的女子，便是其中一位。

一个凭两万元起家，将产业发展到四个亿，年利润达几千万，并有着原材料与产品生产基地，五大分公司，以及遍及全国各地的销售网点，甚至走出国门的企业，仅仅用了十三年时间。当这个女子在法国巴黎国际农展会上，骄傲地推出我国独有的红心猕猴桃与陶兰加酒时，这位娇小的女子不光在精神与财富上获得了双赢，还犹如花木兰将军一般站立在这个男人称雄的世界之上。

我惊讶于向静女士充沛的精力和拼搏的勇气。交谈之下，倏忽明了。一个从没有脱离过文字的女子，一直坚持着自己的清修与雅行，其境界必然超脱俗尘。

"诗万首，酒千觞，几曾醉眼看侯王。"何其的潇洒啊，沉醉于诗酒的人，无不充满仙风道骨。我一直坚信，好诗一如好酒，必定是容纳了道家的思想精髓。在青城山这个道家发源地，这位把文字当成最后的净地，把诗歌当作灵魂的女子，不光用道学喂养她的诗歌，用道家的思想来经营陶兰加。当她驰骋在没有硝烟的战场，更是用儒家的中庸，蜀人的包容、女人的勤劳来征服这个世界。

"我的心已穿过这夜色/和团队在一起通宵/看到了他们熬红的双眼/那疲惫的身躯/和那无穷的力量/那是我含泪的骄傲"。在陶兰加，诗歌不光是向静女士修身养性的选择，更是鼓舞员工的精神食粮。你也绝不会想到，在青城山东麓的千年古洞里，窖藏的美酒，会经过长达六年时间洞经音乐的熏陶。这些在时光里修行的陶兰加，每一滴都是诗的精灵。那么，在诗歌里行走的陶兰加人呢？

陶兰加能够走到今天，正如向静女士所说：这是一种责任。"当繁华褪尽/不改的却是初衷/你柔情似水的模样……"依顿陶兰加酒业有限公司三百多员工，正是在这样一位女子的带领下，一路走来，做得风生水起。

"陶兰加，天地合而生，阴阳接而变，道法自然。道可道，非常道。"当向静女士滔滔不绝地讲解起陶兰加主题文化思想时，我的身心俱已沉入这诗与酒交融的氛围：雅士陶兰加的智慧，俊逸陶兰加的休闲，贵夫人陶兰加的韵致，蜜语陶兰加的祥和，真我陶兰加的梦幻，无不将人带入忘我的境界。

"天道酬勤"，向静女士的诗歌与陶兰加美酒，已成为都江堰一道靓丽的风景。

2013.12.3

舌尖上的江湖

有酒的地方，就有江湖。

在这个秋日烦闷的午后，朋友相约，说是位于胥家路口梧桐园的"张三丰小酒店"，有难得一见的江湖菜，味道极佳。于是，立马换装，奔张三丰而去。

当车停靠在临江的梧桐树下，远远就看见一串串红灯笼高悬在酒馆面前，一如古时酒肆，在阳光下发出耀眼的光芒。朝着古色古香的廊门走去，"大侠，里边请"，一声清脆高昂的招呼声迎面而来，几个清秀的店小二立在廊门两侧，一身短打装束，凭空增添了一抹江湖气息。进入酒馆，着青花蜡染服饰的女子，立即殷勤地招呼入座，并斟上一杯"迷魂汤"——苦荞茶。秀色在前，一捧凉热相宜的茶水在手，刚还烦闷燥热的心情，顷刻间便化为乌有。

小店内，原木构建起来的栅栏将楼阁和底层，分隔成无数的小间，并以江湖各门派的名称命名，比如"青城派""逍遥谷""神霄派"。墙壁上挂满长青植物盆吊，空白的墙面，颇具江湖色调的绘画，扑面而来。最好玩的，莫过于掌柜夏老板亲笔书写的调侃段子："小酒馆曰：有本事的人，吃百家饭，穿百家衣。睡百家床，泡百家妞。"；"喝高了，喊掌柜送，记得带走自己的贵重物品，包括自己和别人的女朋友。"……既幽默，又不失江湖豪气。

说起这夏老板，凡是进过这家小酒馆的客人，无不竖起大拇指。我等与朋友小酌时，夏老板依桌来敬酒。小坐片刻，却是语出惊人。对于食之一味，夏老板有着自己独到的见解，对中国的饮食文化，也颇有心得。店里大多招牌菜，竟是夏老板根据各地传统食品的制作方式，加以自己的创新研制而成，并以江湖拳脚招式命名，难怪朋友称其为"江湖菜"。

没想到夏老板竟然还是民革人士，只是这些年来，多少的风光都交给了岁月，时至今日，一家小酒肆，三五江湖好汉，大块吃肉，大碗喝酒，已然选择了一种惬意、悠闲的生活方式，倒也活得潇洒自在。

都江堰地震过后，汇集了十万民工、十万援建技工。来往的人群使得都江堰饮食业红火了很长一段时间。随着大环境的变化，流动人群的疏散，四周的餐饮酒楼相继关闭，正是这个时候，张三丰小酒馆逆境而生，竟是做得风生水起，这和夏老板的逆水行舟、积极进取密不可分。

朋友送来几壶花雕，一碗在手，还没入口，已是三分醉意。这时，一盘"华山论鸡"端上桌面，眼前立即出现洪七公在华山论剑的画面，一时间，清凉的雪风仿佛扑面而来，我便一手抓鸡，一手端碗，干了起来……

随着"桃花岛烤鱼"闽山派的"细水长流"、青城派的"泰山酥肉"陆续上桌，我已是胃口大开，再等到邻桌的汉子猜拳划令的气氛渲染过来，我已觉得时光倒转，蒙眬中，小二穿梭往来，上菜的吆喝声此起彼落，整个酒馆与我都飘忽起来……

哈，好个快意的舌尖江湖啊，虽身不在江湖，却意已在江湖。人生在世，最惬意的莫过于此。

张三丰小酒馆，不虚此行。

2013.8.19

插旗山麓旗松村

旗松村村名的来历

都江堰市蒲阳镇有个旗松村，你知道旗松村的村名是怎么来的吗？

明末清初，张献忠进剿四川，曾在灌县城东北的一座山上插旗驻营，并登临此山居高临下观察周边军事情形，布阵设防，抵抗清军进攻。往来传递信息的探子与斥候，称其山为插旗山，其营地为旗松村，久之便成了这里的地名。

张献忠剿四川似乎已是人尽皆知之事，说起这杀人狂，人人咬牙，可事实真相如何，我们只有根据历史的轨迹去查询了。

由于张献忠与李自成带兵有异，张军排斥中资阶层，引来反抗，少有支持者。当大明朝被李自成推翻，清兵乘机入关，张献忠只得退至蜀地，遭内外夹攻。

清兵大举入侵蜀地后，川人奋起抵御，清军面对川人与张军不屈抵抗，采取了彻底屠杀的办法。1649年间，清朝贴出公告"民贼相混，玉石难分。或屠全城，或屠男而留女。"不论"张贼"还是平民，一律屠杀，以至于当时四川境内"弥望千里，绝无人烟"。

张献忠作为农民起义的领袖，先是反抗明朝的压迫，后又抵抗清军的进攻，尽管有着农民起义军不可克服的缺陷，但其推动历史进程的壮举，在四川是留下了不可磨灭的印记。旗松村便是历史的见证。只是当初民间慑于清朝的淫威，将屠川的罪行强加于张献忠，以至一代枭雄背负一世骂名。

历史终会还原一切，而插旗山麓旗松村，早已用这一地名，将一段悲壮的历史记入史册。

天池的传说

很久很久以前，在蒲阳东北部偏远山区里的清河两岸，住着曾刘两姓人家，他们同在一江取水浇灌，同在一江取水烹饪，相互依存，世世代代和睦相处，结下了深厚的鱼水情缘。

有一年天下大旱，从来不曾断流的清河干枯了，山地里粮食颗粒无收。男丁们进山狩猎，女人们在家守候村庄。一日，神托梦于曾家年芳十八的姑娘，说是山脚下有一"天池"可保族人安度荒年。姑娘来到山下寻找，只见满河沟泛白的卵石，正暗自叹息，这时，一只小白兔从河堤不远的绿草中蹿出，姑娘正暗自惊讶满坡杂草里为何独有一丛绿，一只竹箭射来，正中小白兔右腿，小白兔带箭奔至姑娘脚下。

这时，林中奔出一位二十出头的小伙儿，正是对岸刘家男子。小白兔在姑娘脚下露出求救的眼神。姑娘抱起白兔，取出手帕为小白兔包扎伤口，小伙儿见此情形，只好放弃索要念头，与曾家姑娘一起为小白兔疗伤。看着小白兔的伤腿，姑娘准备扯点儿绿草喂食，谁知，扒开草丛，只见一汪泉水咕噜噜往外冒。而绿草掩映下，一脸盆大小的水凼正闪烁出一片银色光芒。惊喜间，姑娘怀中的小白兔不知何时已消失得无影无踪。原来这小白兔是月宫里的玉兔，盗得嫦娥玉镜下凡。难怪神谕"天池"，并因此暗赐两姓人家一段姻缘。

从此，两岸人用取之不尽的"天池"之水浇灌庄稼，烹饪煮食，传宗接代，安度时光。

石龙过江

灌县东北部的蒲阳镇，有一条卧龙般的山脊横亘在清河边，摆着一副过江的架势，被当地人叫作石龙过江。

相传，昔日清河常年流水潺潺，两岸人靠山栽种，临水捕捞，日子过得丰润美满。住在两岸的人家也因水而充满灵性，时有人高中秀才，或出将入相。

一日，相邻不远的青城山一位道士路过此地，被一抹浓重的杀气侵扰，道士停顿下来查看，这清河岸边山脉，原是一条苍龙精魂所在，它正一点点吸纳天地灵气修炼真身。倘若修炼成型，涉过清河，便会成为混世魔王，终将带来一方灾难，祸害百姓。倘若只是静卧清河岸边，便可守护两岸黎民永世安康。

时值匪患连连，山脊后终日血腥弥漫，石龙戾气越发突显，道士绕山施法数日，一片诚心终感天地，获神谕，只要在山脉四周修筑庙宇，便可镇住苍龙化解戾气，并阻止石龙过江。于是，众里乡亲集资筑庙，清河两岸二十四座山头常年香烛缭绕，终将一抹戾气化解。而石龙从此横卧清河岸边，守护着四邻乡人。

金窝银窝

相传很久很久以前，清河岸边时有龙影出现，特别是大雾弥漫的清晨，早起的乡民总会看见一条青龙盘桓在河边。老人传说，那是龙在河边孵蛋，如有幸寻得龙蛋，便可富甲一方。知是传说，仍不时有人去探寻，却不见任何痕迹。

清河岸边住有一曾姓人家，这年，年满八十的曾家老奶奶从河边淘洗猪草回家，仿佛着魔一般，不停唠叨，说其家族是上苍派守清河边的龙族守护人，无论天旱水涝，均不可离开此地。周边的人说她是神灵附体。

不久，连续暴雨不断，山洪漫卷，农田房屋尽皆被毁，乡民四下逃生。曾家本就临水而居，洪水卷走一切，唯独剩下一笼楠竹。洪灾过后，曾家人依老奶奶嘱咐，依旧回到祖宅基地修屋，这笼楠竹首当其冲成了建房材料。就在曾家人砍伐楠竹时，一个奇迹出现了，楠竹下露出一块拳头大小，金黄耀眼的金蛋。曾家人欢喜若狂，赶紧刨开楠竹，竹兜下露出一大一小两个坑，小坑金光闪闪，大坑银光灿灿。

曾家人将金银取出，帮助村里乡亲修房造屋建成曾家湾，遵照神谕从此守护在清河边。金窝银窝的传说也就流传了下来。

2016.12.5

石羊春苔会

古老醇厚的乡村风情，对久居城市的现代人来说，总是充满了神秘的意韵。而古老的乡村习俗，也是一样，令人心生向往。

位于川西平原的老灌州，每年开春，各乡各镇便轮流开始了大小规模不等的灯会、庙会、春苔会。这些由远古农耕文化遗传下来的活动，不光是一次集中展现民俗风情的集会，更是一场传承悠久历史文化的盛典。

三月十五赶石羊。石羊镇位于都江堰河西平坝腹心。从汉晋时期起，就负有盛名，其时名竹瓦镇，清代乾隆年间，因掘出石羊，遂以"石羊场"命名。中心广场上，至今还伫立着三只巨大的石羊雕像。

石羊的春苔会，就是以石羊广场为中心蔓延出去，辐射于四周，形成一场盛会的。

提前数日，赶场前的热身就已开始。从成都、温江、崇州、灌县等周边汇聚过来的商贾小贩，早已提前进场，抢占有利地势，做好了交易前的准备。

　　而更多的是那些本乡的民间手工艺人，他们往往会在这个时候，将自己家世代相传的绝技展露出来，以示这门技艺还未失传。

　　极目望去，那些千姿百态的盆景花卉，做工精艺的竹木器具，奇异飘香的各色小吃，以及琳琅满目的土特产，它们随灌青路一路摆来，延绵数公里，把赶集的人吸引得左右难顾。

　　沿路行来，人们不是被一些奇异的商品紧紧抓住目光，就是忍不住站在某个小摊位前不舍离去；不是忍不住买下一些稀罕物件，就是狼吞虎咽下满嘴香酥美食，那神情惬意极了。

　　站在用笋壳编制的锅盖前，我惊喜地大叫："笠帽，笠帽。"惹得游人和摊主哈哈大笑。这锅盖的编制源自远古农耕时代，乡下家家户户土灶的大铁锅上都有一个。笋壳锅盖焖煮出来的饭菜别有种香味，因此，数千年过去，依旧是乡间灶屋里缺不可少的用具。

　　而我最喜欢看的是舞龙灯、耍狮子。清一色红、黄、黑短装打扮的表演者，头上包裹着色泽相同的头巾，像是电影里那些精壮的习武者。当他们舞动起二十米长的巨龙上下翻滚，或者乔扮成狮子，在地上扑腾翻滚时，那神情更像是驰骋江湖的侠士了。

　　随着巨龙的上下翻舞，围观的人潮像波浪一样簇拥着一只只狮子，一条条巨龙涌来荡去；喧闹声、锣鼓声、尖叫声，整个广场陷入沸腾。而散落于四周的秧歌队、腰鼓队、旱船队，由远而近行来，撒下一路喧闹的笑声，更像是一簇簇浪花装点在广场四周。

　　定眼望去，你会发现这些技艺超群的队员，竟都是些熟悉的面孔。赵家的老爹、李家的幺爸、张家的大婶、杨家的幺姐。原来，他们都是石羊镇各村队的乡亲。此时，他们个个都像是身怀绝世的武功高人，穿梭在人群里，步履轻盈，身形矫健。把河西人的风采展现得淋漓尽致。

　　早年间见识过一次闹元宵的热闹场面，对舞龙灯、耍狮子这种传统活动一直不能忘怀。可这些年来，蜷缩在城市一隅深居简出，再无缘得见。虽说在城里一些交流会、博览会、展销会偶尔也会有戏班子表演，可两相差距太大。这些带有商业味道的表演，早已失去了民间艺术的气息。

难怪我承德诗友罗世红，年年春节，都要携带双老及家人，奔向全国各地的乡村小镇，去感受不同的民间文化，去体验不同的民风民俗。年前他咨询我本地何处能体验独特的川西民间生活时，我竟无语作答。现在看来，自己真是孤陋寡闻了。

春节期间，石羊镇的文友说起马祖庙会，因雨未能成行，很是遗憾。而今步入石羊镇的春苔会，不光体验到了浓烈的民风民俗，还有幸游览了马祖庙、金花寺，游览了黑石河沿岸的风光。迎着黑石河细微的河风，漫步在千亩银杏树下的林荫小道上，竟有了不思回城之心。

人世总纷争，何不留一份清闲与淡泊于人间最后的桃花源呢？

2015.3.15

迁徙的红柳

藏家风情呈天池

周末，朋友相约，前往都江堰市蒲阳镇旗松村天池农庄度假，以便消解暑热留下的烦乱与劳累。

驱车前往，过蒲阳镇万亩猕猴桃基地三公里处，一片颇具异域色彩的藏式风情园赫然眼前。

顺着路旁飘扬的五彩经幡望去，一湾鱼塘，如一面硕大的镜子搁置在山谷之中，游廊茶亭沿鱼池搭建而起，藏家乐和农家乐的建筑在鱼塘两岸遥相呼应，各具特色且交融生辉。

鱼塘左侧的游廊之上，四排转经筒散发出金色的光泽，四十套大藏经置于经筒内，游人过处，虔诚地转动经筒，每转动一圈，便吟诵一遍经文。

转经筒的上一层，十六座小白塔相伴而立，阳光下，熠熠生辉。置于白塔顶端的月亮、太阳、星星，发射出耀眼的光芒。塔内所供奉的镇塔之物，均是派人前往青海塔尔寺请来，祈福、驱魔，颇具灵性。

山坡上，十座彩绘的白色帐篷整齐地搭建在树林里，游人随意进出品茗、娱乐、游玩。让人恍惚回到高原草甸之上，随远离都市文明的游牧民族一起，逐水而居。

五彩的经幡，悬挂在帐篷、白塔、经筒周围，随风舞动，与天地神灵直接对话，农庄主人说，只要屏息静听，就能听见神灵的低语声。

天池农庄的主人，都在高原生活多年，对藏地有着深厚的感情，定居都江堰市后，一直希望把心中圣地的氛围带进生活的圈子，这不，在这座川西坝子的山谷里，引进了藏式风情，不得不说是一次创举。

当城市被钢筋水泥禁锢成樊笼之时，遥远而陌生的风景便成为人们心中无法舍弃的渴盼。远方太远，我们无法常置身于自然的环境去洗礼，能有这样一个奇异的去处，对我们来说，无疑是放松，是洁净，是升华。

微风拂过，酒香阵阵。三位藏族姑娘在凉亭里载歌载舞，一曲酒歌，火热了在场所有人的心。她们嘹亮的歌声比天空高远，比白云洁净。

这里的藏餐颇具特色，从高原原产地采购而来的牛羊肉、青稞酒、酸奶、马茶，原汁原味，你能品尝出老阿妈呼唤孩子回家的心情。

鱼塘右侧是一排川西农家的布置，鱼塘边有鱼竿，烧烤架，游人闲来垂钓鱼塘，亲手烹调制作，又是一番滋味。

农庄养殖的鱼群、跑山鸡，种植的各色蔬菜，由小石磨压榨出的清油烹炒，浓香可口；而山泉水煮茶烧饭，则是一种久违了的原始气息。

缓步在鱼塘之上的小拱桥，看两侧演绎不同的民族风情，一湾碧波，两岸青山绿树，鸟鸣、松涛、藏歌回旋，好一派自然之声。

此景只应天上有，人间哪得几回寻。

2014.9.8

槐花飘香

　　"槐林五月漾琼花，郁郁芬芳醉万家，春水碧波飘落处，浮香一路到天涯。"

　　每年一到四五月槐树开花时节，那撑开巨大绿伞的槐树上，就结满了一串串洁白的槐花，微风里，随风摇曳的花穗，仿如一串串白色的仙鹤，在绿色的树冠上翩翩起舞。而空气中弥漫着淡淡的清香，一路飘来，十里芬芳。

　　每年这个时候，我都会提上竹篮来到江岸河边采上一些槐花，回到家里，做槐麦，蒸槐糕，尽情享受这短暂而美好的槐花时节，不为别的，就为这槐花能带给人一种梦幻般的感觉。

　　人们采食槐花历来已久，只是各地习俗不同，但人们对槐花的偏爱却是相同的。这槐花味苦，性微寒。不光有凉血止血、清肝泻火的功能，还有口舌生津、清香爽口的美妙滋味，所以，古往今来它都是百姓餐桌上备受宠爱的食材。

　　等到槐花成片成片开放的时候，挑选那些饱满待开的花蕾采摘回家，用清水洗净，再用开水氽过，控干水分，或煎蛋蒸糕，或炒饭包饺子，依不同的口味随意而作，只等那一道道清香穿喉而过，直抵心扉，整个春夏仿佛都在肚腹里姹紫嫣红了。

这时候，你会觉得天格外蓝，云格外白，风格外柔。你的内心会升腾起一种从未有过的温润感觉。这种感觉，会唤醒你沉睡的记忆，你甚至能看见老槐荫树下走来的那一个个男子或者女子，也许是你昔日梦中的情人，也或许是你不曾忘怀的某段往事。总之，这种纯粹的滋味，会勾起你无尽的思绪和遐想，以致你会想尽一切办法，将你采回的槐花做出各种美食，然后在这些美味里，找回一种欲罢不能，欲舍难弃的记忆。

宋时韩元吉曾有："共踏槐花记昔年，一弯新月夜移船。君行为问灵泉水，梦到松林石壁前。"说的就是这种意境。

我曾在别的城市里，见识过一个专门经营乡村时令野菜的餐馆，那可真可谓门庭若市，每道小菜价格都不菲。可慕名前往的人依然络绎不绝。想来，是人们的怀旧情绪，以及那一道乡村风格和天然情怀，才成就了它们的尊贵。

其实，只要我们有心，什么时候都可以回归自然，在天地的怀抱中，做回它们赤诚的儿女，就有如这餐桌上的每一道小菜，每一碗清泉，当你附身于它们，它们就是你心中最美好的投影。

这个春夏正敞开她美丽而多情的怀抱，在她的怀抱里，榆钱儿绿，槐花儿白，那满山的蘑菇撑开了花雨伞。我们为什么不去乡间走一走呢？

2015.3.18

迁徙的红柳

又是槐花飘香时

又到四五月天，江安河边一排排洋槐开花了，花开的热烈，一嘟噜一嘟噜、一串一串的白色花朵挂满树枝，像风铃，又像一簇簇扎堆的蝴蝶，煞是好看。

每年这个时候，我都会提上竹篮采回一些解馋。先前只会做槐麦，也就是把采回来的那些半开的花蕾用清水洗净，拌上面粉和调料蒸熟，吃起来清香回甜，别有番美妙的滋味。后来网络开通了，在百度里还学会了好多别的做法。

不过，做得最多的还是槐麦，那是我读书时，去同桌周琼家学的。

那是进校第二年五月一个周末。周伯伯照例骑上自行车来学校接我和他女儿回家。我从小生长在高原，考入内地读书，对一切陌生事物都特别好奇，就连季节变换带来的气象、风物、习俗，都让我充满了新奇感。学校景色变化不大，也就一门心思读书，可出得门来，感觉就不一样了，路边花草树木的春生秋落，也能对我形成诱惑。

琼是本地学生。她家老屋就在离学校不远的乡村。一个小四合院里，周家占了南边一排的房屋，大小有十多间。另三面住着本家另外几房人。院子不大，每排房屋前都有一口压水井，一旁的假山上有不少花卉，我大都叫不上名字。院子里栽了不少果树，最显眼的是三株刺槐，也叫洋槐，成三角形栽在靠南院的一角，树下有一石桌，平时也没人坐，上面总是落满树叶。琼说小时候，她和哥哥、弟弟经常在石桌上做作业，现在都大了，平时住学校，周末才回家，家里除了母亲就是退休回来的父亲。

周家院子在当地很有名气。话说周伯伯的老祖父在清朝最后一次科举时，中了探花，一直在外为官。等到了周伯伯这辈，这才举家迁回。周伯伯是黄埔军校毕业，因随所属队伍起义，也就逃脱了之后一系列政治运动，虽没大富大贵过，但也保住了身家性命。至于老屋，好在本家有人在村里做事，那些非常岁月里，族人齐心才保住老屋。

我和琼一前一后坐着周伯伯的自行车回到村里，老远就闻到一阵阵芳香的味道。村子四周的槐树，像一个个着绿裙的女子，头上披着一层白色的纱巾，正在晚风里摇曳，婆娑的身影，显得楚楚动人。那些香味就是从树上散发出来的。

进到院子，看见院子里三棵槐树也一样被白色笼罩，近看，才发现全是一串串的花朵，我惊喜地从自行车后架上蹦下来，朝槐树奔去。深嗅一口，甘甜芳香的气息直至肺腑。抬头望，见槐树的枝丫高过屋顶，铺天盖地的，像三把硕大的雨伞。我跳起脚撸下一串花穗："真好看，好香哦……"

"这是槐花，可以吃。"琼也跑过来。

我立即摘了几朵花丢在嘴里，一嚼，满口清香，再一品味，舌尖泛起了甜甜的味道。一时间，想到金庸笔下的香香公主，就问："我天天吃这些槐花，会不会变成槐花公主啊？"

琼只是笑，也随我跳起脚撸那些花穗。

"等会儿叫你伯母给你们做槐麦，你们多摘点儿回来。"周伯伯在屋檐下边架自行车边吩咐我们。

我兴奋地往树上爬，这时，在附近中学读书的弟弟也回来了，我们三人不一会儿就摘下满满一篮。

等到月亮从槐树的枝丫间跳上天幕的时候，我和琼一家人围坐在堂屋开始吃饭。伯母端出热气腾腾的蒸笼，我迫不及待伸手去抓。周伯伯拿着小酒壶，坐一旁紧一句慢一句说着话，说起院子里的槐树，话明显多了起来。

读过古书的周伯伯知识渊博，见多识广，讲了不少关于槐树的故事与典故。从七仙女到南柯一梦，以至关于槐树的奇异传说：

"说起这槐树啊，各地的风俗不同，槐树的寓意也不同。有的地方把槐树当木中之鬼，认为是阴物，从不栽在房前屋后。而有的地方又认为槐树代表"禄"，院子里栽有槐树，定能大富大贵。'古代朝廷种三槐九棘，公卿大夫坐于其下，面对三槐者为三公'我们家就因为栽下了三棵槐树，祖上才开始及第，而后发达的。"周伯伯咂了一小口酒继续说道。

我睁大眼睛听着，被这些民间稀奇古怪的传说迷惑住了，不停地询问这、询问那，周伯伯讲得兴起，说得最多的还是槐花的食用方法和药用价值："这能吃的是洋槐，花期长。早年间生活困难的时候，就是这些槐花帮人度过青黄不接的。还有一种笨槐，就是我们家后院溪边的那种，七八月才开花，花朵比这洋槐碎小，不能食用，但是能够入药，你伯母年年都会采点儿用蜂蜜调制，用来泡水喝，清热败火的，好东西哦。"

真是增见识、长学问了。小小的槐花，竟有如此多的功效和作用，让人惊讶不已。只是，关于槐树的寓意，真有那么神奇吗？我不得而知。在我毕业离开学校多年后，再次与琼相遇，这时她哥哥已经去了美国深造，弟弟去了英国进修。而她的孩子，年年参加全国中学生奥林匹克数学竞赛都会夺冠。这一切，不知道和她家院子里栽的槐树有关不？

前不久，同学聚会，得知她移民去了美国。

望着身边一树树槐花，我突然非常想念当年在琼家吃槐花的日子，想念周伯伯和周伯母，想念和琼同榻共眠，枕着槐花清香入梦的岁月……

2012.5.10

南桥萨克斯

在南桥，你可以忽略掉所有纷至沓来的声响，却无法忽略掉一袭仿如来自欧美乡村或巴黎街头的萨克斯风。

当头戴白色礼帽，身着花衬衫白长裤，留着花白胡须的老人吹奏起萨克斯时，南桥便从沉睡了数百年的光阴里苏醒过来，仿佛面带忧郁，神情凄美的古典美女，伫立在这位有着浓郁异域风采的老人身边，发出声声叹息。

萨克斯里的南桥是迷人的，南桥的萨克斯更是神秘的。在人物两忘的风景里，所有的孤独无人能懂。所有的爱恨无人知晓。风不知从何而来，雨不知向何而去。

南桥下是急湍的一江流水，南桥上是如织的过客。踏进川流不息的南桥，萨克斯风便会像一缕灯光，穿透时空，照射在每个途经它身边的人的心底，并用极致的孤独和傲然，呈现深不可测的柔情和凄美。

有人说，老人所吹奏的萨克斯具有穿透黑暗的魔力，它能让人在大灾来临之时，也能看见光芒与希冀。

或许正因为如此，南桥的萨克斯便成了不可或缺的风景。

你看，夕阳西沉，陌生人徘徊在南桥萨克斯里，感受着凉爽的河风，一任世间的纷争潮起跌落，南桥始终用宽厚与悲悯包容它的子民。由此，在拥有萨克斯名曲的夜晚，那些隐匿在夜风里的梦，便带着泪水和回忆，在美妙绝伦的音乐声里慢慢复活。

徘徊南桥，你还会与歌声不期而遇。伴唱的妙龄女子，守候在白发老人的萨克斯中，为谁而歌，又为谁而唱呢？透过斑驳的旧时光，她的歌声能否找回昔日的梦想，找回往日的青春呢？

其实，我更喜欢魂断蓝桥，此南桥，不比彼蓝桥，只因了那段凄美的爱情，所有流浪的艺人都成了挥之不去的叹息。而眼前这位白发老人与妙龄女子，他们的萨克斯风，是在演绎轰轰烈烈的爱情，还是在缅怀刻骨铭心的过往，这，我们就不得而知了。

南桥依旧不动声色地注视着过往的人们，那些去了又来的，不光迷恋着南桥的繁华与淡然，也沉醉在萨克斯低沉而舒缓的叙述中。

你在桥上看风景，看风景的人在桥上看你。

白发和妙龄本就是一道美妙的风景，当他们携萨克斯融入南桥，南桥便赐予了他们完美的亮相，而他们的歌声和萨克斯，更赐予了南桥不朽的神韵和诗篇。

2014.9.4

迁徙的红柳

香　如　故

　　院里蜡梅开了。走进小区，老远就能闻到一股沁人肺腑的馨香。

　　循着梅香款款而来，时光开始后退，退至十多年前一个春天，院里规划绿化的先生指挥着工人植下几十株桂花，我却拉住先生，撒娇一般：在院子里种几株蜡梅吧，一年四季都有花开，只腊月是一个空档，你得让院子里有点儿喜色吧。

　　蜡梅是落叶乔木，作为绿化，首选它的人似乎不多，先生和搞绿化的朋友，在不当道的山墙旁植下了这几株蜡梅。

　　之后，这些梅树便开始用整个春夏来装扮自己，积蓄能量，待到一场霜降后，褪去满身绿装，赤身向寒，等候一场雪来。

　　王安石说："墙角数枝梅，凌寒独自开。遥知不是雪，为有暗香来。"即为此景。

　　是的，雪没来，花开了。

这就是我吵着闹着要来的蜡梅，在无人的角落里，不管不顾地盛开，开了一茬儿又一茬儿，开了一年又一年，任由我对它们冷淡和遗忘，开得轰轰烈烈而又悲壮凛然。

后来，先生走了。再后来，冬季沉睡，我也越来越找不回春天。

执着不行，热爱不行，遗忘更不行。我是被自己遗弃的孤儿，深陷腊月。

我以为从此找不到回家的路了，我使劲忘记，让所有的欢，所有的痛，都随那些飘落的蜡梅，零落成泥，飘逝风中。

没想到的是，一日，门卫送来一株蜡梅，轻易就把我尘封已久的记忆唤醒，疼痛从心底蔓延出来，让我一时恍惚，不知今夕何年。一枝蜡梅在手，既心痛这些花朵，却又舍不下它们的芳香。于是，插瓶里，每天面对，凭吊那些消失在风中的岁月。

满室梅花香，疑是故人来。梦里，故人没来，我却去了旧上海，寻一位女子。香颜如尘，次第梅开。

窗外依旧朦胧，着香云纱旗袍的女子，倚窗斟茶，清亮的茶汤里飘起几朵蜡梅，淡然、清凉，仿佛要把尘世浸泡得更加柔软，无端地生出几许温暖来。

而后，飞雪，梅开，我们相对而坐，安静地等待时光从眼前慢慢流过……

生命盛放的极致，是这寒冷季节里的一次燃烧，每一次的脱胎换骨，都是生死的较量，无影灯下，荒野之上，佛堂声中，我们是照亮彼此的一盏灯，是否极泰来的等候。

爱过，恨过，一起走过……

2014.1.5

一枕情深

入秋，天气骤然凉了。幸福大道的银杏树变成了一片金黄，黄灿灿的树叶像一只只蝴蝶，飘飘洒洒，给大地铺上了一层松软的地毯。步入林间，犹如行走在画中，令人心中升起莫名的温暖。

自都江堰大道两旁栽上银杏树之后，每到落叶飘飞时节，环卫工总会保留满地的银杏叶，任由市民漫步其间，或散步、或玩耍、或拍照，更有不少手推童车的父母，带着小宝宝穿行其间。微风吹过，落叶飘落在身上、头上，整个城市笼罩在一片耀眼的金黄之中，显得分外妖娆，此时的八百里青城更是充满了诗情画意。

中午时分，难得一见的太阳照得人暖洋洋的，遂约了作协老师前往都之都喝茶，一并请教文字编辑技巧。一杯苦荞在手，言语在诗文里穿行，竟觉得人生最大的乐趣莫过于此。时间飞快流逝。转眼太阳便隐于玉垒山后，只剩下岷江河风缓缓吹过，不觉一阵寒战，从脖子开始往上，有疼痛袭来。

知是昔日车祸留下的后遗症在作怪，赶紧回家。推门竟见母亲装了一大袋银杏叶，正准备晾晒在客厅地板上，敞开的口袋已弥漫出银杏叶特有的芳香。"别人说银杏叶装枕头，可以治疗头痛，我装了一点儿回来，你睡一下看有用？"母亲喜欢民间的小单方，探试性地告诉我。我没吱声，母亲特相信这些药方，总爱说：小单方治大病。平时在家没少扯草药熬水喝。也不知这些草药有没有用，总之老母亲虽身患多种慢性疾病，可也顽强地活到了八十岁，这在我们家族，已是少有。

　　看满屋的银杏叶，知是母亲一番好意，可真要装上当枕头，我怕是要通宵失眠了。自从当年车祸伤及头颅后，我对枕头格外挑剔，吃不好，穿不好都无所谓，可这枕头一旦凑合着用，那头痛就会折磨得人死去活来，好多时候，半夜醒来，双手抱住脑袋，真想撞墙。为此，先生在世的时候，不管去哪里，总会提醒带上早已用惯了的枕头。

　　去年颈椎出了毛病，住院两三个月，一直找不到发病的原因，女儿不放心我在家，叫去绵阳同住，走得匆忙，忘带枕头，晚上翻来覆去睡不着，女儿送来她的枕头，说是有护颈作用，一试之下，竟睡了一个难得的好觉。这之后，女儿的枕头成了我的专用品，连小外孙女都说，这是外婆的枕头，谁都不许用。以致一家人出行前往青海，每到一站，下车第一件事就是抱着这枕头，也正是有了这枕头，二十多天的旅程，少了头痛的折磨，玩得异常开心。

　　前不久从绵阳回到都江堰，第二天就开始头疼，与去年发病之前的症状一样，真是苦不堪言。在网上与香尘闲聊，正遇她落枕，说起我的头痛与枕头的苦恼，香尘说她用过一种记忆枕相当不错，没两天给快递了一个过来。一用之下，头痛症状果然减轻。不禁疑惑，去年的颈椎毛病，敢情是这枕头惹的祸？又一想，自个可真是小姐身子丫鬟命啊，本对身外之物无甚苛求，可这小小的枕头，却破了我不以物喜不以物悲的处世态度，终是没能超脱外物的诱惑。

　　秋风越发紧了，窗外的银杏树还在飘落着片片黄叶，我揉了揉脖子和脑袋，看了看母亲捡回来的银杏叶，再看看香尘送来的枕头，内心感慨万分，我这一生，或许真是充满了磨难，可我所拥有的爱情、亲情、友情，已超越了世间所有的苦难。有了这些爱，还惧怕什么疼痛折磨？！

2014.12.2

桂香沁人趣意浓

又是秋分时节，院里月桂争先恐后地钻出枝丫，沐浴着淅淅沥沥的秋雨，拼命吐蕊。整个空气都弥漫着浓郁的芳香，熏得人不知是在天上还是人间。

白居易有："偃蹇月中桂，结根依青天。天风绕月起，吹子下人间。"这满院子的桂香，自然是天风吹落下凡的尤物，酿得美酒，泡得茶香。

对了，这桂花还能做小吃呢。香尘说，采得少许桂花，用水汆过，放进葛粉里一并调和，就是一道精美小吃。

近日手术后脑袋一直昏沉麻木，自是全麻后遗症。想当年这脑袋遭受重创，三处颅底骨折，好不容易恢复得有点儿知觉，一场脑血栓堵塞，又差点送掉性命，刚挣扎过来一年有余，又遇手术全麻，这脑子一时半会还真是灵光不起来。

香尘给网购了葛粉，说是长期服用，降三高，补黄酮，养生上品。心下喜欢，自然赶紧采来桂花调制。桂花明显多了，贪心，一大捧，不舍得丢，用开水余过，放碗里待用。随后取了葛粉，倒碗里，直接将开水冲进去，边冲边搅，没几下，熟透了的包裹着还没融化的粉，形成一团糯糊，根本就与包装袋上调制好的成品图片不符，尝尝，味苦泛生，满嘴乱钻，心下疑惑，赶紧取来说明书。

这时，母亲进屋，递来几本杂志，说是门卫送来的。近年不时有作品刊发，隔三岔五总会收到刊物，日子久了，也没刚收样刊时那般激动。接过杂志扔床上，继续看说明书。母亲见状，拿了放大镜凑过来。

老太太识字不多，读过几年私塾，解放不久嫁了父亲去藏区。凭几箩筐斗大的字，在一粮站担任售票员几十年。只是，现今已是八十岁的老人了，左眼已失明，右眼模糊，经过几十年岁月的磨砺，能认清辨明的字儿已没几个了。

随着家里陆续收到刊物，母亲读书认字的兴趣似乎也给挑动起来，闲来总喜欢拿来报纸杂志，一字一句念叨，不解其意，权当解闷儿取乐。

这家里有八九十的老人爱好文字也没啥好稀罕，可一旦有个吃奶的孩子喜好看书就有趣了。小外孙女奻奻刚出生一个月就送家里来，与我同榻共枕已是两年有余。小家伙儿天性好静，不爱哭闹，每每见我读书看报，便会专注盯着，还不时伸出小手拉扯，好似看兴特浓。

在我调制葛粉时，小奻奻一直拿着包装袋细看，见母亲从我手上拿了说明书，急得大叫起来："祖祖，这是我婆婆的，您看您自己的嘛！"母亲和我惊愕地盯着她，心想，什么是婆婆的？什么又是祖祖的呢？只见奻奻转身跑进母亲房间，拿出一摞花花绿绿的广告塞在母亲手中，我和母亲忍俊不禁，敢情是母亲每天从超市拿回的广告导购单。

祖孙俩好文爱书，一点儿也不容置疑。待我搞清怎么调制葛粉时，两个人已在床上为争看说明书闹得不可开交，我不知道该袒护八十岁的老娘还是该袒护两岁半的小外孙女，只好由着她俩撕抢。结果，还是以老母亲跑进自己房间生闷气，小奻奻哇哇大哭而告终。

无奈之下，我端起那碗半生不熟、苦涩难咽的桂花葛根粉，一边夸张地大叫好吃，一边皱眉强咽。果然，两个人围了过来，当她们看清我惨不忍睹的表情时，不约而同大笑起来。

新鲜桂花含有单宁，味道苦涩，只有经过长时间贮藏，涩味才会消失。我并不知晓这一特点，竟性急过量食用，自然苦不堪言。难怪母亲和小奴奴会幸灾乐祸。

母亲和奴奴觉着好玩，拉我再去采摘。我说，正好可以收集做桂花糕。

院里近百颗桂树，每年开花两三次。往年我也有采摘，只是不知如何酿制，采摘之后又都丢弃。有一年炮制了一大瓶桂花酒，浓香逸人，家里没人喝也送了人。只是不知这次学做桂花糕，会不会善终。

再次来到树下，我攀住枝丫一簇簇慢摘，母亲看了，回屋拿来广告单铺下，一阵乱摇，顷刻间，纸上落满细碎花粒，黄黄一层，像一张大大的煎饼。奴奴兴奋地抓起一把就往我嘴里塞，敢情以为我能生吃这桂花。我扭头一笑，说："留着奴奴长大再吃，那时候比现在更香。"

是啊，桂花经过长时间的储存苦涩就会淡化，变得更加芳香，那么，平常的人生经过了时间的沉淀，是不是也会充满特别的意味呢？只是不知，多年以后，奴奴到了我和母亲这般年龄，还有没有今日我们这样的童心和情趣。

院里人见我们采摘桂花都围拢过来，母亲说做桂花糕呢。说话间就有人加入采摘行列，并向母亲讨教。母亲求救似地望着我，我刚要回答，奴奴已拿起母亲的广告单说："祖祖的书上有。"引得旁人开怀大笑。

家有如此祖孙，真是趣乐无穷。

2014.9.28

鲤鱼沱的情思

　　"翻开灰黄的陈年旧事，你就听见了鲤鱼沱河边的风，从你生命中吹过的声音……"

　　那是一个夏日的黄昏，都江堰景区外河的树林边，名叫鲤鱼沱的河畔，相依相偎着一对年过花甲的老人，从早到晚，望着一江流水，如一尊雕像。

　　这是一对昔日的恋人。女的是成都一位写诗的大姐，离休干部。那男的，却是闽西边远山区的一位公务员。经过了漫长的四十年光阴之后，终于在都江堰见面了。

　　多漫长的时光啊，当年，他们都是人中娇子，双双被省委保送进中央党校学习。正值青春年少时光，因文学而一见钟情。然而，爱情在那个年代被视为毒蛇猛兽，为时代所不容。几经胁迫、隔离，最终被迫分手。女的留校察看，男的遣送还乡，从此天各一方。

　　数十年过去了，大姐不堪忍受思念的折磨，将一腔思念付诸文字，竟意外地与仍在文字一途跋涉的男友相遇，两人虽已年过花甲，彼此也有了家室，可这些年的相思和怀念，依旧缠绕在彼此心里不曾消散，两个人便用文字传递彼此的思念，两地书，不光感动了众多的读者，也感动了双方的家人，于是，在双方儿女的安排下见面了。

这一刻到来了，可他们不游青城山，不观二王庙。双双就坐在离堆公园后门的外河边上，从早到晚，望着一江流水，诉说着岁月为他们布下的风风雨雨，生离别恨。夕阳下，余晖洒在两位老人的身上，像两尊金色的雕塑。

2013年我进入都江堰作协群，见到作协马及时主席的QQ签名："翻开灰黄的陈年旧事，你就听见了鲤鱼沱河边的风，从你生命中吹过的声音……"那一刻，大姐的故事，以及这些年我们在鲤鱼沱所度过的时光，都在眼前一一闪过，内心仿佛有根弦被轻轻拨动，那种感觉，不知道是悲，是喜。

在离堆公园后门下行不远处的鲤鱼沱，河边有一片小树林，林中散落着零星的露天茶铺和小摊，三五成群的市民、游客常慵懒地躺在林中的竹椅上，任清凉的河风吹去周身的暑热；许多小孩喜欢在树与树之间拴起吊床，轻轻晃荡其间；河滩上，着泳装的男男女女，将满河堤装点得一如流动的画，穿行画间，每个人都是一抹亮丽的色彩。

当年从高原来到内地，一到夏天，总是难耐那份炎热，先生便时常带着我和女儿来到鲤鱼沱乘凉。一杯茶水，一把竹椅，望着穿梭的人流，细细品味都江堰夏日温情，那情那景，只应人间有，天上哪得几回寻啊。

一艘橡皮筏载着女儿的笑声从我的记忆里划过。

那时候，在河边常常遇见许多消夏的名人。一次，我看邻座一中年男子很眼熟，百思不得结果。我转头问身边的先生"对面那人是谁啊？看起来很眼熟。"。

先生一望，扑哧一下笑出了声："那是梅老坎啊。你这啥眼神啊。"哈哈哈，我也笑了起来，感情是山城棒棒军里的主角啊。

　　这也难怪，当年车祸伤及视力与记忆力后，走在大街上，经常与自己兄弟姐妹擦肩而不得相识。于是，先生便成了我的记忆。

　　先生已经离去，记忆不再，可我依然无法忘记鲤鱼沱，无法忘记那曾有过的感动。

　　鲤鱼沱还在外江边上演着川流不息的人间悲喜剧，一切所谓的荣光、名利、繁华，在流淌的江水面前，一去不返。而记忆里的旧事，却在时光深处散发着丝丝温暖。就犹如文中所说的大姐一样，不管经历了多少岁月的风雨，不管最后身居何处，留存在内心的，只剩下了那份最初的感动。

　　鲤鱼沱的风声还在记忆里回旋，来来去去的人们，带走的是时间，是岁月，带不走的，却是它亘古的等待与坚守。

2014.8.3

土豆妈妈

在都江堰紫东街一条幽深的小巷子里，有一家卖油炸土豆的小摊，摊儿小，名气却不小，因小摊的主人是一位慈祥、温厚的老妈妈，常来光顾的人们就亲切地管这个小摊和小摊的主人为"土豆妈妈"。许多离开都江堰的年轻人，回来后总爱往土豆妈妈那里跑，因为那里有他们走遍天涯海角也无法忘记的味道。

前几日，正是盆地被烈日熏烤得冒烟的时节，女儿不堪绵阳闷热，带着小奴奴跑回都江堰，说是避暑，可这大热的天，她丢下小奴奴就跑没了人影，电话三番五次才接，说正和她表弟在紫东街土豆妈妈那儿。

我心下很不高兴，这孩子，每次回家只要丢下行李就会邀约同学前往土豆妈妈那，我这当娘的，还比不过这卖土豆的了，想不过，便带了小奴奴打车前往一探究竟。

出租车大都知道紫东街土豆妈妈，东拐西转，没几分钟便停靠在一条古旧的小巷里，临街低矮陈旧的房屋，透着些许沧桑，几张斑驳低矮的桌椅上坐满了食客，面前大都堆满了杯盏碗筷，这是一个普通的不能再普通的小摊，由母女俩经营。

年轻点儿的便是孩子们口中的土豆妈妈，五十来岁的样子，正在炉前忙碌，年老的应该是土豆婆婆了，怕是有七十多岁了吧，正蹒跚着给客人端调料，好多时候，客人都是自己去选菜品，然后拿到土豆妈妈那去制作，慢慢等待。

我到来时，正好看见土豆妈妈把十多串状如鸽子蛋一般大小的土豆放进油锅里炸，吱吱翻腾的油锅里，不一会儿就看见土豆泛起金黄的颜色，土豆早已经煮熟蜕皮，经过油锅翻炸，外脆内香，再加上由土豆妈妈特制的干蘸调料，黄豆粉、花生粒、芝麻粉、辣椒面，食盐等等，那口感爽极了，连小妞妞似乎也不怕辣了，蘸着这些调料吃得眉开眼笑。

据女儿说，八岁那年从高原转学来到都江堰，在紫东街附近的新建小学读书，同学带她来到这，两毛一串的土豆便成了挥之不去的记忆，隔三岔五总会约上小伙伴前往。

当年，土豆妈妈因了家里生活贫寒，常做了土豆串在学校门口贩卖，以补贴家用。因其味道独特，价廉物美，每每放学的时候，小家伙们便蜂拥而上一抢而空，没买着的同学就吵着闹着尾随土豆妈妈去往家里，久而久之，大伙儿都知道了她的家。土豆妈妈即使不出摊，孩子们一样会寻到她家，土豆妈妈也就不再去往学校，在自家门口，几张小桌、小板凳卖起了土豆串，不贵，两毛一串，吃上两三串，小肚子就滚圆滚圆的了。

等到女儿开始迷恋上这里的土豆串时，土豆妈妈的名声早传开了。孩子们一贪食，总会丢三落四的，女儿说有一次吃土豆时正好下起了雨，匆忙中把书包忘在了摊位，到学校才发现丢了书包，转身往校外跑，刚到校门口，土豆妈妈已经拿着书包等在门口了。那些年，土豆妈妈不知道给多少同学送过遗忘在摊位上的书包、衣物。

2008年5月地震那会儿，我们夫妻俩带着女儿去探视她的母校，站在废墟前，一家人默默无语，女儿含泪望着这块她曾欢蹦乱跳就读的学校泣不成声，良久才说："我们去紫东街看看吧。"

那时，整个城市都笼罩在死亡和灾难的阴影里，紫东街的房屋还在，只是屋前屋后已不见了土豆妈妈忙碌的身影，女儿长长地叹了一口气。

现在想来，那个时候，女儿肯定是在担心两位老妈妈的安危。

正当我和女儿边吃边聊时，一辆奥迪在巷子外停了下来，几个年轻人朝小摊走了过来，一位中等个子，身体有些发福的小伙子看见女儿便大叫了起来："哈，小妖怪，你也在这啊？"

只见女儿立即站起身说道："黄伟，你不是去广州发展了吗？"那小伙子嘿嘿笑道："回成都谈生意，想念土豆妈妈了，就赶回来了，没想到在这里遇见你。"说着，回头朝土豆妈妈叫了一声，"土豆妈妈，今天这儿的单我全买了，好吃的你给大伙儿全上啊。"

"好嘞！"只见土豆妈妈一边回答，一边笑呵呵地看着这些远道回来的孩子，眼中流露出一抹深深的爱意。

女儿说，好多早已忘记了的小学、初中同学，竟然能够在这里遇见，彼此似乎都不再记得对方的名字了，却依然记得土豆妈妈，记得依墙靠立的矮柜里，哪个抽屉盛的是花生面，哪个抽屉装的是辣椒粉，以及轻车熟路般地添加在自己的蘸碟里。

其实，经过了十多年的岁月，走南闯北，什么样的山珍海味没有吃过，什么样的佳肴琼浆没有品尝过啊，就这些土豆，也不觉得有小时候那样美味了，可每次回来，还是惦记着土豆妈妈，就想来坐一坐，吃一吃，这也是一种念想吧。

地震之后，土豆妈妈本想关闭这家小摊，邻居也适机推出取名"土豆妈妈"的小店，装修华丽，可寻来的食客都摇摇头，他们就认定了土豆妈妈，哪怕没了座位，站在房檐边，等也会等着。

望着小摊前来来往往的人流，望着两位妈妈忙碌的身影，我似乎有点明白女儿和这些孩子们不舍的原因了。

2014.7.27

青城山下逍遥翁

　　闲来无事，溜达在天府论坛锦江风吟版面，一客人要我写一幅画评，并将图文一并发上去。说实在的，本人根本没有任何艺术细胞，对绘画艺术绝对是个门外汉，即便师傅一而再再而三叫我读画写评，可我是能躲就躲。躲过了初一还想躲过十五。现在好了，客人有令，那可不得不从。

　　师傅顺手丢来一幅画，展开一看，顿时就傻了眼。这是山西著名画家张翔洲先生的画卷。画卷里一鹤发童颜的老头正面对棋盘沉思，身后一童子怀揣双手，守着红泥小火炉发呆。地上丢着一把蒲扇，此时炉火正旺，壶里的水发出阵阵嘶鸣，腾起一大股水雾，飘飘袅袅。旁边几枝残缺的芭蕉叶斜斜地垂下，远处一片空茫。

　　这一幅简单勾勒出的画面，用笔简洁，大片留白，画中人物神态生动，取意如诗如幻，亦古亦今，仿若神仙降临，又似身边某位老人安详于画中。

　　看着眼前的画，真不知道应该怎样解读。两眼死死地盯住画面，似乎想等画中人自己开口。恍然间，心里闪过这样一句话："我醉欲眠君且去，明日有意抱琴来"。莫非这画中师徒抑或祖孙俩，一大早起来，摆好棋谱煮好茶，就是在等待那不曾约定也未曾相邀的友人前来？

起的似乎早了点儿，那宿醉仍未全消，感觉有些凉意，就拢了手，时间一长陷入了假寐，任由壶中茶水欢快地吹鸣，而旁边的几株芭蕉犹如一群林妖正伸头探望……

一想到林妖，心思闪回到两年前的一个秋天，朋友周讯相约一起返回他在青城后山的老家。家里住着年过六旬的父母和三岁的小女坤坤。当我们车刚到山脚下，一邻居就过来告诉我们，周伯母赶场去了，周伯伯带着坤坤在家。老人家懂点儿医术，村里人有个头痛脑热的大多喜欢上他家取点儿常用药，老人就少于离家。

当一行穿过弯弯曲曲的泥泞机耕道抵达小院时，天空已飘起细雨。周讯家的院子坐落在一片竹林里，门外三两株芭蕉在雨里显得异常青翠，看得甚是喜欢，就问周讯为何不种在院子里，多美的植物啊。周讯说，乡里传说芭蕉树若沾了女人的经血就会成精，常依附人身作祟，所以乡里人几乎都种在院子外，远离人气。听他那样一说，一时间对那芭蕉更充满了好奇，以致后来无论在哪儿看见芭蕉树，都会联想到林妖或者灵异的故事。

推开院门，一清瘦的老翁正坐在一把竹制的躺椅里看书，三岁的小囡斜坐在草蒲团上竟自玩耍。看见我们进来便起身躲在老人身后，双手紧紧抓住爷爷的裤腿，小脑袋从一边伸出来，大眼睛怯怯地望着我们。朋友的老婆叫着幺女奔过去时，孩子吓得哇哇大哭起来。

这是一座简朴的农家小院，光滑的黄泥地面因潮湿生出些许青苔，院里除了几株李子树和橙子树，满地都是大大小小的兰草花盆，虽说不是花期，就那一份青翠也煞是惹人喜爱。家里没大孩子，熟透了的李子被雨点一打，滚得满地都是。看眼前情景，一时间仿若走进了世外桃源。

颇感稀罕的是院子的一角，有块光滑的青石板，四周各有一块小石墩，朋友说小时候常在那石板上下五子棋，做作业。一时间兴起，就和朋友老婆坐下玩了起来，下过围棋、军棋、象棋，对这五颗石子的规则却总不得要领。看那小丫头已试着接近我们了，也就作了罢。

周伯伯忙着为我们烧火煮茶，我在一旁打量着这个拒绝搬进城里与儿子同住的老人，花白的头发并没有让他显示出苍老，反让人觉得他在这青城山下常年被仙风道气熏染，已经沾染上了一股子仙气。

朋友结婚那年接了双老进城同住，不到一个月，老人家就开始这不舒服那不舒服的，送医院检查又没啥毛病，但人一天比一天消瘦下去，问起老人，说是想回乡里去了。回家第二天就精精神神跑地里折腾去。问他，说是家里空气好，没那么多的车声喇叭声，没那么多的人挤人，出气顺畅了，人自然就好了。

还记得朋友常说，周伯伯一进城就对自来水持有拒绝心理，一喝这水就闹肚子，可奇怪的是，在乡下即便生喝山里的泉水也不曾听说有什么不对。不过说真的，那青城山中流淌出来的泉水不光清冽甘甜，还特别养人。村子里就有好多百岁老人，赶场天，总会碰见三五个鹤发童颜的老人悠闲地坐在山道亭子边，或者是路边石块上吧嗒着旱烟，那情景真让人疑惑是去了仙乡圣地。

离家不远的神仙洞，传说中，仙人们可是常来常往，我真就怀疑老人什么时候就与那些来去的神仙曾擦肩而过，要不，周伯伯身上怎么也有那么一股子仙气呢？

再说这周伯伯也没学过什么医术，家传一些小单方，谁家有个头痛脑热的，随便给扯上一把草药，一两碗下去，蒙头一觉醒来又是活蹦乱跳的了，乡里好多人几十岁了都没进过医院。我很怀疑是那些神仙暗地里传授过长寿健康的秘诀。

你说吧，生活在这样一个幽雅清静，远离尘世，自给自足而又逍遥快活的地方，谁愿意离开啊，我想，这也就是周伯伯不愿进城的原因吧。

话再说回来，当我看见张翔洲老师这一幅画时，第一感觉就是画家肯定去过青城山。要不，你看那童子、青石棋盘、芭蕉树、红泥小火炉，无不是这农家日常生活的画面和侧影。由此，我每读一遍画意，便又回到那农家一次。似乎又远离了尘世，远离了嘈杂，回归到最原始古朴的生活环境里去了一样。我知道自己没有慧根，定与仙人无缘，遐想中，就宁愿住在那小院里，即便是遇见那芭蕉精，或者遇见一介文弱书生或者仙人道长啥的，说不准又会遭遇出另一种传奇，那该多刺激多开心啊？

呵呵，打住，到这里，就到这里！

2009.3.13

伏龙人家

天正下着小雨。

我裹紧衣衫朝离堆公园不远处的伏龙社区走去。伏龙社区于我并不陌生。三十年前我到都江堰实习，住在附近的井福街，每到黄昏，总喜欢到伏龙观四周散步。那时这里还是大片田垄，低矮的农舍有着浓厚的川西风情，像一位美丽的乡村女子，朴素、明亮、大方。而掩映其中的伏龙观则像她们中一位脱去凡尘的道姑，在一堰江水的浸润下，固守一份清风明月，在喧噪的红尘外安度时光。

不过这份悠闲如今已不复存在。待2000年我真正来到都江堰定居时，这里早已是大片的楼宇和车水马龙。此时，我随4路公交车来到公园路口，站在熟悉而又陌生的街道，竟辨不清方向，找不到进入伏龙社区的路。不由得为世事变迁而感叹万分。

伏龙社区，顾名思义，即伏龙观管辖之地。传说李冰父子治水时曾制伏岷江孽龙，将其镇锁于伏龙潭中，后人在此立祠祭祀，取名伏龙观。

都江堰的建成，使川西平原因这道水利枢纽而成为天府之国，从而闻名天下。可常年的泥沙淤积，使得堰区附近常有洪水溢堤，殃及村庄与田垄。因此，数千年来，都江堰岁修已成为一道不可或缺的程序，并留下了"深淘滩，低作堰"的治水名言。淘滩、作堰需要大量的堰工，这些堰工居于此，岁修之余开荒种地，久而久之便形成了村落。

据老人说，年年岁修掏挖出来的堰泥，铺在村庄四周的土地上，土地特别肥沃，种植出来的蔬菜和五谷也有着独一无二的浓香。凡是来伏龙观上香叩拜的游众和信徒，食之更是念念不忘，因此，伏龙观的素宴也就远近闻名，成为人们口口相传的美食。特别是伏龙观前后数十亩沙地里生长的红顶葫芦状萝卜，舍其沙地栽种，再难寻得如此清脆甘甜的滋味。

近年来随着城市的扩建，大片田地被征用，别说是伏龙观萝卜了，就连茅草也再难钻出钢筋水泥的围攻，伏龙观外只剩下孤零零的村落在城市缝隙中暗自喘息。

因政府着手城区棚户改造，伏龙社区列为首要改造点，在短短几个月时间里，从宣传政策，到组建自改委，棚改工作开展得轰轰烈烈，其间发生了许多感人的故事，为探究竟，我们一行人来到社区内的城中村——离堆村走访，逐一拜访即将搬迁的村民。

深秋的清晨，天气愈发寒冷。我们随社区工作人员朝隐于公园一侧的棚户区走去。

穿过灰蒙陈旧的一排排楼房，曲折幽深的巷道在细雨里泛起一地污泥。巷道里冷冷清清，临道的铺面都插上门板，偶有一两个铺面开着门，空荡荡毫无人气，我心下疑惑，这就是棚户区吗？据我所见，不过是冷清了点儿，并没想象中那么破败。

正想发问，陪同人员却带领我们朝左边另一条小巷走去。随着我们的进入，小巷越发狭窄，两旁水泥砖垒砌起来的平房杂乱无章拥挤在一起，放眼看去，那些耷拉着脑袋的低矮屋檐，仿佛垂暮的老人孤守着风

迁徙的红柳

烛残年，伫立在寒风中瑟瑟发抖，视觉之下心里竟无端生出些许疼痛和悲凉来。

此时正好有一位老人蹒跚走来，我停下脚步询问。老人七十余岁，家居于此已有数代。由于昔日洪灾的毁灭，无法追溯更久远的历史。而眼前居住的村落，已有一百多年光阴。老人指了指一旁的平房说："这是爷爷辈修的房屋，地震后维修过，房屋已经老得无法遮风避雨了。"随着老人的手势，我看了看旁边的房屋，虽说有一两百平方米的房屋，可低矮潮湿的环境下，加之卫生条件奇差，下水道经常堵塞，如果遇到下雨天，那简直就是室外大雨室内小雨，脚下污水漫流了。夏日更是难熬，闷热里恶臭难闻，蚊虫叮咬，仿如炼狱一般。老人说："早就想搬新家了。"我问为什么不自己重建呢？老人说："哪有这个经济条件啊，要想重建也不符合手续啊。"

我转身用眼光询问陪同人员，陪同人员说："这里当年土地征用以后，安排了一部分年轻人工作，遗下的老人因无田地可种，国家给解决了粮食供应，只是这里的房屋都没有土地使用证和房产证，因此，个人不能私自修建房屋。"

当说到棚户拆迁时，老人瞬间便面露喜色，声音随即也提高了半度："我们早就等这一天了。"陪同人员说："老人是第一批签字搬迁的。"看老人满心欢愉的表情，我在想，搬迁如此得民心，应该很容易进行吧？

一行人来到离堆村中，在一栋开着几间台球铺面的院子前停下来。

陪同人员指了指院子说："这是赵家大院，住着十二户人家。已经有六户签字，还有六户没签。"为了顺利做好阳光透明的棚户改造搬迁工作，房改办秉着"政策交给群众"的理念，通过层层开展宣传工作，提高群众知晓度和参与度，房改办还让各个小区和村落抽选出代表组成自改委员会，根据自改委从第一线摸清民意，再实施拆迁。

我抬眼望了望身后的公示栏，上面公示着每户居民的拆迁面积、补偿金额，以及各户摇号抽中的安置小区与房号。而这一切完全是在自改委参与下进行的。"既然是搬迁户自己选出来的人制定的方案，为什么还有人不签字呢？"我不解地问。

"这，你可以向他了解一下。他叫赵普兵，赵家的小儿子，也是他们自己推选出的自改委员会成员，这里的事情他最清楚。"书记扬了扬下巴。说话间一位四十多岁穿戴整洁的男子来到面前，他向来人打着招呼，表情里有几分腼腆。

赵家院子十二户人家皆是一门相连的亲人。当家的赵老夫妻即赵普兵的父母，从其祖父手里接下的这份房产已有一百多年历史，这户典型的伏龙人家，与居住在堰区的所有堰工一样，在都江堰畔绵延生息了好几代，他们不光用勤劳的双手栽田种地维持生计，也用勤劳的双手维修呵护都江堰堤坝的万世功绩和永世牢固。

大院的房屋透着陈旧和破败，进到屋内，一股潮湿的气息扑面而来。虽说是十二户的大院，似乎也很冷清。询问之下得知，小一辈求学在外，年轻的在外工作，留守家中的，自然是靠打零工维持生计的中老年人了。

"当年附近几个学校和工厂征收土地，也安置了小部分村民就业，随着改革改制，就业的这部分村民因文化和更多的原因也相继下岗，只好自谋出路，弄到现在，既没生活来源也没有社保。"赵普兵面露无奈的表情说道。

赵普兵被群众推选为自改委员会的成员以后，一直奔走在宣传、传达、动员住户执行拆迁政策事宜中，政府罗列出整个成都地区的房屋鉴定部门，由民众投标选定鉴定公司，自改委人员一并参与房屋的测量、鉴定、评估。

赵普兵说："棚户区改造，最难、最头疼的问题就是拆迁。群众都希望发展越来越好，但涉及个人利益时，都会追求利益最大化。"一旁的陪同人员说："棚户区改造不同于商业开发，这项工作首先考虑的是

迁徙的红柳

改善棚户区居民的居住条件、居住环境和生活质量。"所以，政府提供了很大的优惠政策，对于每户年满二十周岁的男子，均给予单独立户，对于首先签字拆迁的人家，按评估公司的定价，一次性补偿所有房款和搬迁费，如果是在政府提供的安置区内购房，每户还给予部分优惠。因此，伏龙社区在开展棚户拆迁以来，积极支持并第一时间签字的达百分之九十以上，这在全国各地的棚户改造中也是难得而少见的。

赵家两位老人率先签字，这对赵普兵的工作是极大的支持。但家里还有几户不肯签字，说起这事，赵普兵也显得很是苦恼。

赵家老人非常开明，多年前分户时，一反重男轻女的传统习俗，出嫁在外的女儿一样分有房屋。如今改造在即，许多人为此欢喜，可四哥一家却愁眉苦脸拒绝签字。赵普兵是知道原因的，四哥身患重疾，加之没有医疗保障，一家人的生计全靠这临街的台球室支撑，这要是搬迁了，一家人以什么来为生，躺在病床上的人又以什么来维持高昂的医疗费用？

临街的铺面属于老人留给小儿子的，现在四哥家困难，也就由四哥家经营。可这要是拆迁了，家里不光失去了一份收入，这拆迁费用的归宿也是问题，家庭自然产生矛盾。

临近春节了，赵家大院并没沉浸在喜庆之中，一种莫名的压抑感笼罩在这个家，赵老爷子说："都签字吧，我们老两口把搬迁费拿一部分出来补贴你们。"赵普兵也乘机讲解政策，可姐姐不乐意了："你说得好听，是不是政府给了你什么好处啊？"

"我是义务为大家服务的，棚改开展这么久了，你们可以去调查。我们拿过一分钱的报酬没有？"赵普兵一脸委屈。家人也懒得和他多说，一把将他推出门外，拉扯中连衣服都被扯破了。

说到这里，赵普兵的语气也显得格外沉重。他说，调解、协商，让原住户一个个签字离开祖屋，绝非一帆风顺。不管家人还是村里的父老乡亲，对这块土地的感情，对这方土地的依赖，都是很深的，这拆迁一旦完成，村里的人就将四下分散，留传了数百年，上千年的村庄也将彻底消失，每个人心里都有一份不舍。在赵普兵的脸上，我一样看见有一抹淡淡的忧伤。即便如此，这棚改工作依然在紧锣密鼓中进行。

顺着狭窄的巷道，我们挨户走访探看。看着那些因长久荒置而破败的家什农具，看着摇摇欲坠的房屋，看着那些年老蹒跚而过的老人，一颗心愈揪愈紧，满心企望搬迁工程立即启动。陪同人员和自改委的成员们一致说："对于思想上的疙瘩，大伙儿会慢慢开解，对于生活上的困难，政府也会给予解决，搬迁势在必行。"

在我们离开伏龙社区时，小雨停了，阴雨了好久的天空也开始放晴。一抹夕阳穿过赵公山泼洒到伏龙社区高低起伏的房屋上，有炊烟从那些灰暗的房顶飘起。我在想，这也许将是我在这个城市见到的最后一抹炊烟吧，当所有的村民都搬迁到高楼大厦，用上电器设备，用上天然气、自来水，伏龙社区便会以一种崭新的面容出现在都江堰面前，用绝世的美丽笑迎四方来客。

2016.3.28

迁徙的红柳

第三辑　漂飞的柳絮

漂泊里的四海，这爱的归宿
一次次漫长的追寻，从都江堰启程
柳絮编织的白云升腾，飘飞
在五鱼山，在羌寨，在紫塞的天空下
还有海的儿女一声声呼唤
汇成人间四月天

海的儿女

　　在齐鲁大地，一条流淌了近千年的胶莱古运河蜿蜒而来，贯穿了黄海与渤海两大水系。这条运河以东，三面环水的胶东半岛，千百年来，就这样背靠着起伏的群山、阡陌纵横的内陆，默默地守望着烟波浩瀚的大海。

　　看海，曾是我一段刻骨铭心的爱情和支撑生命的信念。只是，我的海一直在远方沉浮，仿佛一段神话，无处靠岸。而胶东半岛南翼的黄海之滨，是我做梦也不曾梦见过的地方。没想到的是，2012年6月14日，我竟千里迢迢踏上了这方热土，并俯身于这片蔚蓝色的海，接受了它给予我灵魂的一次洗礼……

井底蛙——站在地狱门口唱歌的诗人

　　2009年4月，在香尘的引荐下，我进入红枫论坛，一篇"阎王小鬼你走开，地狱门前我唱歌"的文字，让井底蛙这个轮椅上的诗人走进了我的视线。三年多的诗文交流，诗歌与文字，为我们架起了一座桥梁，而相互间的搀扶，成了彼此间取之不尽的生之动力。在那些寒冷的冬天，搀扶的双手，曾温暖过几多孤寂的冬夜。还记得我守候在夫君病榻前的那段时日里，这个被我称为蛙哥的齐鲁汉子，借助电波，陪我走过了好长一段艰难而灰暗的日子。

2010年5月的一天，守着被高烧折磨得奄奄一息的夫君，我的神经已近崩溃，手机突然震动起来，打开一看，是蛙哥发来的信息："文君，你那开花了吗？我这里的迎春花开了……"眼泪在我的心里肆意泛滥。春天到了，花开了，生命在这个季节决不会陨落。我抱着夫君说："蛙哥海边的迎春花开了，快点儿好起来，我们去看海。"也是在这个时候我告诉蛙哥：我们都要好好地活着，谁也不许食言，我会带上夫君去看他，去看那片海……

海依旧在远方等着我。可我的夫君最终没能挣脱死神的魔爪。我的天塌了。

蛙哥的短信到了："文君，你要坚强，你说过要来看我的，不许食言。"

"蛙哥，文君不会失言的，你要等着我，等我生活有了保障，我就来看你。"

2012年6月14日，我与深圳飞来的浩天在青岛流亭机场汇合。中午一点半，浩天驾驶着从机场租来的现代轿车朝海阳疾驶而去。一百多公里的路程多么漫长啊，我无心观赏路边的景色，整个心思都在那个即将见面的轮椅诗人身上。

小车颠簸在坎坷的乡村小路上，当我们驰进临海的小渔村，这个富饶的胶东半岛上的渔村，多少有些让我失望，周围除了被围囤起来的海产养殖地，就是零星散落的麦地，正是收割时间，地里枯黄的麦茬儿显得有些苍凉，地里不见高大的树木，典型的北方民居简朴而破旧。或许是我从川西平原过来的，看惯了寸土寸金的天府之国那一派富饶的景

迁徙的红柳

象，对小渔村的陈旧才那样敏感。

小车停在了一排破旧的平房前，墙外的蔷薇花开得正艳，红的像火。敞开的大门对着一排房屋，我一眼就看见了临窗而坐的蛙哥，车还没停稳，我拉开车门，冲了下去……

"到了啊？"蛙哥微笑着注视着我，顾不上回答，我扑上炕去，抱着蛙哥的脖子，泣不成声。好一会儿才发现，一只鞋掉在炕下，一只鞋还在脚上。

也许是听见了我急促的呼吸声，蛙哥说："你别紧张啊。"

我使劲儿吸了一口气，半天说不出话来。蛙哥，这哪里是紧张啊，你知道我有多心痛吗？这种感觉就像是一根针穿过了我柔软的心尖，连缀在后面的细线被海风拽在手里，生生地扯着，疼得喘不过气来。我这个自以为坚强的女人，自以为见过了太多生死别离，见识过无数苦难的女人，在你面前，才真的明白，什么是苦难，什么是坚强。

好不容易稳住情绪，我定眼注视着蛙哥：臃肿的身躯怕是有两三百斤，一动不动，端坐如菩萨一般，肥胖的双臂无法行动，双手交叉放在皮球一样的肚子上，头只能微微后仰和前倾，左右摇晃不过十来公分。我依偎在他右边肩头上时，他曾努力地将头侧向我，期望用头挨近我，却无法转动半分。

浩天进了屋，叫了一声哥，也俯身上炕拥抱蛙哥，然后退至一旁一言不发，我看见他眼里有什么东西在闪烁。

心情平静下来之后，我开始环顾四周，这个被蛙哥喻为井底的小屋，狭窄而拥挤，知道我们要来，小屋明显收拾过了，屋里虽然简陋，但干净整洁，只是屋里依旧弥漫着瘫痪病人特殊的气味，这样的气味我并不陌生，它曾在我的生活里存在过一段时日。只是我没想到，二十多年的瘫痪生涯，蛙哥呈现在我们面前的形象，竟是那样充满自信，那么安详，那么自尊。我脑子里突然显现出大肚罗汉的影子，我不信仰任何宗教，此时，我却愿意相信蛙哥是罗汉转世，他来到人世，经受苦难的磨炼，用生命写下诗篇，渡人于苦海。

炕左侧的窗户对着大门，更远点儿是别人家的屋顶，早些年能够看见更远处的山坡、树木、房屋。现今别人家的房屋越修越高了，蛙哥窗外的世界也就越来越狭小了。

蛙哥面前是一陈旧的小炕桌，桌上摆着键盘和鼠标，一米开外依墙的小柜子上，是一台电脑和一台十四英寸的彩电，这是他通往大千世界的另一扇窗口。通过这个窗口，蛙哥将他不屈的信念和顽强的生命毅力传播给了我们，我们又通过这个窗口，与他紧紧地相拥在了一起。

我一直在想他是怎样推开这扇窗口的，实在憋不住了，就说："蛙哥，你把电脑打开吧。"

蛙哥努力前倾着身子，十指在炕桌上移动，左手落在炕上，摸索出一把挠痒痒的孝子手，而后，用孝子手伸向电脑按钮。电脑启动后，他艰难地用左手托住右手腕，在键盘上敲击，当一个个字符跃上屏幕时，汗珠也从他的头上渗出……

我睁大双眼，惊讶得说不出话来。我根本无法想象，那些充满阳光气息的田园诗篇，那些反映低层人群生活的文字，那些在网络里与我们嬉笑玩耍，一起疯狂写出的幽默、诙谐的妙句，竟然是在这样艰难的状态下写出来的，望着蛙哥，我又一次无语凝咽……

"蛙哥，二十多年，你是怎么坚持过来的啊？"我不止一次这样问他。

"宝贝，世上没有吃不了的苦，也没有过不去的坎。"蛙哥用极为平静与淡然的口吻说着。可我还是无法想象他是怎么度过这些日子的。吃饭，睡觉，排泄，这些最普通的日常生活行为，是怎么处理的啊？你看，瘫痪的身体日渐臃肿，肥胖压迫内脏器官，连呼吸都是那么艰难，更别说身体的正常摄取与排泄了。蛙哥告诉我，吃饭时，尽量不吃流食，无法使用餐具，就用手指抓住食物，尽力俯身接近手指，将食物喂进口中。为了减少排泄，他几乎不喝水，在他的炕左侧下，有一马桶，每次方便，都需要几十分钟才能将身体挪至一尺开外的洞口。而长期压迫下，褥疮常年折磨着他，每一次挪动，都不亚于一场战争，那是意志与病魔的搏斗。

蛙哥是英雄，在这场战争里，他一直"站"着，从不曾倒下。连躺下睡觉也不行。因为，死神在多年前从梦里将患同样疾病的四弟带走了，这之后，每天就这样坐着，困了就打打盹，只有在天亮之后，七十多岁的老父亲过来放平他的身子，守候着他躺一个小时，然后扶起来。坐起来的蛙哥把自己交给了诗歌，交给了文字，他的每一天，除了与病魔抗争，就是在文字里畅游。当一首首充满阳光气息的诗歌飞进网络，谁能想象得到这是一个站在地狱门口唱歌的诗人？

我曾经无数次在贝多芬的命运交响曲里寻找生命的出口，也曾无数次在自身的磨难里寻求生命的答案，无论自己怎样顽强地与命运抗争过，面对蛙哥，我依然觉得自己是那样渺小，那么微不足道，他所给予我的震撼，足以让我藐视世间一切苦难、功名、利禄、悲欢、荣辱。因为，这个世界上，唯有生命才是最可贵的，只有看破了生死，生命才会显示出它强大的力量，而世俗的欲望，只有让人活在卑微与低贱之中，甚至，倍受灵魂的煎熬。

柒柒——海的女儿

离蛙哥三百里地的栖霞市，住着论坛的另一个朋友——柒柒。这又是一个燃字取暖的女子，结识三年多，几乎没有聊过天，对于她的了解，是在论坛有限的文字里进行的，身居管理层的我们，偶尔有所分歧是难免的，而我的大大咧咧和她的小心翼翼，使得双方都不曾主动联系和沟通过，交往也就越发疏远了。

当浩天和蛙哥电话联系到她时，天空正下着小雨。蛙哥说旱了好些日子了，我们的到来，把雨水也给带来了，也许，正是这些雨水，滋润着我们久旱的心田，让我们的会面也充满了湿意。三天时间里，我们不知道流下过多少感动的泪水。

15日一早，我们驱车前往海阳县汽车站接柒柒，从柒柒居住的地方到蛙哥家，需要转三次车，来去好几个小时。这些年，柒柒每年总会过来两三次，辛安这个小渔村，似乎成了她的娘家。而她和蛙哥，没有任何血缘关系，不过是一对文字兄妹。

海阳的6月，气温不足二十度，加上细雨，显得异常寒冷，我们在车里面向车站大厅等候。九点左右，一个素衣女子在车前方一侧招手，柒柒到了。

见到柒柒的那一瞬，我有些疑惑，据我所知，柒柒年龄不大，可眼前的柒柒，端庄的脸庞上，虽然明眸皓齿，但皮肤不是太好，与年龄不太相符的皱纹为她增添了一份沧桑感，匀称的身材着装得体，弥漫着淡淡的书香气息。我的眼睛飞快地扫过她的全身上下，多美丽的一个女子啊，可惜多了点儿皱纹和少了点儿凹凸的遗憾。

这并没影响我对她的欣赏，在蛙歌家，我知道了她经历的那场生死劫难后，心中再次泛起揪心般的疼痛。当她平静地叙述那些在无影灯下走过的日子，在偏僻小镇里养病的日子，她嘴里讲述起那个光头女子，那个被激素肆虐的变形的女子，那个被化疗折磨得逃跑的女子，平静与淡然的口吻，仿佛讲述别人的故事。而我眼前随着她的讲述出现的画面，与安徒生海的女儿在刀尖上舞蹈的画面一再重合，我怔在那儿一动不动，定定地盯着她，心里仿佛被什么东西重重地击中，那种无以言说的沉重和疼痛拽住我使劲儿往下坠，深不着底。我想不明白，作为海的女儿，难道必须经历这样深重的磨难才能获得新生吗?

望着柒柒我不知道说什么，只好和她紧紧地拥抱在一起，似乎只有这样，我才能把我的感动，我的怜爱传递给她，似乎也只有这样，我才能从她那娇小的身躯里吸取某种力量，而后勇敢地去面对眼前所看见的一切。

蛙哥和浩天就那样看着我们姐妹俩，满眼的欣慰和感动。

下午，柒柒带我们来到她出生的海岛——麻姑岛。相传八仙去天宫给王母娘娘贺寿归来，行至此处，嬉戏间将麻姑手中的蟠桃撞落海中，一时间，拔海而起一座海岛，树木葱绿，鸟语花香。居住在岛上的渔民，许是粘了仙气，男的个个英俊勇武，女的聪慧勤劳。且不说别的人家，就柒柒说起患病前艰难的创业过程，以及现在在文字一途的跋涉，她所表现出的聪明才智和灵性，就是很好的佐证。

岛上现今有五六十户人家，靠养殖业度日。为了柒柒和小弟而放弃学业的大弟还留守在岛上，老屋已空了许久，大弟依旧每周过来打扫卫生，当我们推门进去，那干净的炕头便敞开了怀抱。

整个下午，我们坐在大弟家宽敞明亮的天井里，说文字，说人生，说各自心中的困惑和寻求，柒柒的话不多，但我能够感受得出她的欣喜。

从麻姑岛回来，我们在丁子嘴海滩的礁石上迎风而立，潮汐一浪一浪涌来，我想大哭，我想大叫，这就是我和夫君相约要来看的海，我来了，可他却去了另外一个世界……

我展开双手，面向大海，心里闪过一丝念头，转身对着柒柒他们说："从这里跳下去，会是什么样的感觉？"然后傻傻地笑了起来，随即又摇了摇头，我把那一瞬间闪过的念头在玩笑里粉碎，当我再次面向海天一色灰蒙蒙的大海，我心底仿佛有个声音响了起来，细听又没了声响，晃眼里，我似乎看见夫君远远地飘过来，微笑着注视我，又慢慢飘回原处……

身边的柒柒安静地坐在礁石上一言不发，浩天在远处低头寻找着什么。我望了望身后更远的地方，那里有一个端坐如菩萨的人，正微笑地看着我们，不言不语。我转身迎着海浪走过去……

死，并不可怕。那么生呢？

海水温柔地在我脚下涌来荡去，它们似乎在说着什么，又似乎什么都没有说。只是，有种感觉越来越清晰，也越来越明显，那就是对生命的敬畏。它们通过海水，通过蛙哥、柴柴，通过那些仁立在海岸的礁石，坚决而彻底地进入我的视线，直至灵魂，将我从头到脚洗刷一净。于是，我俯向大海，深深地跪了下去……

浩天——现实与理想的探索者

促使我这次山东之行的是浩天，这个充满侠义之心的男子，外表看似冷静、理智，内心却柔软、细腻。知道他，是在我主持的情人节诗歌化装舞会后，他为我的诗歌写下的简评，文字不多，对诗歌有自己独特的见解，而透过有限的文字，所显露出的文字功底和知识结构让我刮目，我记住了他。

十多天前在网络里再次相遇，是因为他的西藏游记"一路向西"。这个曾经在高中和大学期间就出过两本诗集的缪斯宠儿，一夜间从文字里消失得无影无踪。八年过去，作为一个成功的职业经理人，在厌倦了商场上无休止的竞争后，踏上了西行的道路，与其说他去朝圣，去释放郁积的心情，还不如说他是去寻求灵魂的回归，寻找精神的落脚点。

因为诗歌，因为西藏情结，再加上我们拥有共同的朋友——蛙哥，山东之行成为必然。

事实上，如果没有浩天，我的山东行还不知道要拖延到什么时候。当年车祸的后遗症，让我无法单独出门，没有任何方向感的我，在家门口也会迷路，更别说到一个陌生的地方，就在这次前往成都机场的途中，我差点又把自己弄丢。

在机场与浩天见面，我伸出手与之相握，他却忙着去办理租车手续。急性子和快节奏在他的身上显露无遗。这很对我的脾气。

一路上我不停地和他交流，说得最多的还是诗歌。这个走南闯北，见过太多世面的男子，并没有因为远离文字而失去骨子里的诗人情怀，

　　当他关掉手机，抛开一千多人繁杂的事务，仅仅是为了去往小渔村见一位不著名的轮椅诗人，就这一点已足以感动许多人，这样的行为，也只有诗人才会率性而为。所谓诗人，在我看来，就是心怀大爱、大慈悲的一群人。蛙哥是，柒柒是，浩天是。

　　在蛙哥的小屋里，我们彼此在文字外感受对方，仿佛说了很多，又仿佛什么也没有说。有那么一瞬，我想到了赶海，我这个在草原长大的女子，对海是陌生的，但它并不妨碍我在脑子里畅想大海，我们的一生，其实就是一次赶海，我们不停地拾取、舍弃，不停地行走、停歇，而在人生旅途的尽头，我们的兜里，究竟装了些什么呢？这，也许只有等到生命的最后一刻才会知道。

　　突然想起浩天说的一件事，在海南岛的一座庙宇里，他和一批高层管理人入住寺庙体验生活，一周过去，一位在商场打拼多年的成功人士，拒绝再回到尘世。世间万物皆空，回与不回，已是题外话了，红尘内外，我们不过是生命的过客。

　　由此想来，浩天的西行和东行，都是在寻找一个出口，而用生命书写诗篇的蛙哥和柒柒，一定会带给他某种启示。

　　时间飞快地过去，细心的浩天一直在观察这个家，蛙哥的母亲在半年前去世，老父亲还没走出那份悲伤，我们的到来，兴许触动了他某根柔软的神经，当我们在蛙哥的屋里说话的时候，他在东屋拉起了忧伤的二泉映月，琴声如诉，我听见了泪滴的声音。蛙哥说老爹大半年没拉过二胡了。

　　就是这平凡而伟大的父母，二十多年如一日照顾瘫痪的蛙哥，使得这只井底蛙，闪射出异样的光芒。母亲去世了，三弟毅然搬离自己的家，回到老屋照顾父兄，而默默做事的三弟媳，将胶东女子的贤惠、善良演绎得淋漓尽致。

　　面对这一切，我不知道怎样表达满心的感激和敬佩。浩天让柒柒给三弟媳买回两套衣服，我看见三弟媳流露出的开心劲儿就想哭。浩天说，这个家最没有义务的就是这个女人，最伟大的也是这个女人。

为了尽量和蛙哥待的时间长一点儿，我们居住在小镇简陋的小旅馆里，这个平时在生活上相当讲究的人，如果不是因为内心的热爱，是很难做到这一点的。这也许是蛙哥的幸运，更是我的幸运，因为，在这里，我见识到了人间最宝贵的真情。

有来就有去，我们还是要离开蛙哥，离开这个小渔村的。柒柒先我们一步离开了这里，当我们相拥而别的伤感击中浩天后，浩天一直告诫我："文君，和蛙哥分别的时候不许哭。"

不哭，我不哭。我不转身，蛙哥就不会看见我悲伤的面容，我不出声，浩天就听不见我呜咽的声音，我不流泪，别人就看不见我满心的疼痛……

蛙哥，柒柒，浩天，我会再来看你们！

2012.6.20

五鱼山情思

阳光翻进夏的围墙，红彤彤一片，灼得我骨子生痛，整个皮肤泛起了古铜色。

阿尘一袭香云纱旗袍，仿如张爱玲笔下20世纪二三十年代旧上海那些连骨子都浸泡着墨香的大家闺秀，生生把一抹书卷气息，带进了这火炉一般的巴蜀。

随长江水顺流而下，我们相携走入丰都鬼城。

对于我们这些早已走过生死的人来说，世间万物的诱惑，都抵不过对生命的热爱，这样的热爱，宛如初升的太阳，在我们生命的行进中，绽放出炽热的光芒。我们舍弃诸多游人如织的景点而入住玉皇圣地，为的就是在五鱼山近距离体验观望日出的欣喜。

凌晨五点，沿蜿蜒的山道攀缘而上，林间有啾啾鸟鸣传入耳鼓。抬头望去，隐于薄雾与绿树枝丫间的楼台亭角，似仙山琼楼。迎面有凉风袭来，带着清新潮湿的气息，好似醉入虚幻时空一般，令人不知身在何处。待回首，身边已有婆娑衣裙声传来，遂含笑彼此轻唤，攀缘而去。

登上山顶，凭栏而望，眼前便是一片辽阔与深远。

一湾长江之水，环绕着脚下蜿蜒起伏的山脉。水天一色中，江面上腾起轻纱一般水雾，将周围山脉与江天融为一体，仿佛一片碧波荡漾的大海。透过浓雾，渔船灯火星星闪烁，对岸是高低错落的建筑群，朦胧的身影里，满是人间烟火。

转眼回眸，以足下山势为轴，四下环视，五座山脊似五条鱼儿嬉戏在浩瀚的大海之上，更远处的九龙山脉则相互缠绕，交头接尾护卫着鱼群，将矗立在五鱼上的玉皇圣地烘托得伟岸、高贵、气宇轩昂。

背西朝东，天边已有淡淡红晕弥漫，目光所及处，文昌阁的楼亭从雾色里探出头来，透过霞光，似有文曲星手持卷轴，缓步走来。

小侄女读高三，心下虔诚，绕塔细踩莲步，心下默许何事，我等自不知晓，看她前行的身影，却突然想起在塔前许愿架上，见一父亲为儿子许下的心愿："愿我儿心智大开，早识人间善恶，努力攀登，万事安顺！"

人间与天庭，几多遥远，可怜天下父母心，这位父亲，不知用了多深情的爱，多殷切的希望才攀上五鱼山，在这文昌阁为孩儿送上一份祈祷，一份祝福，那一瞬间，我内心最柔软的地方轻轻一动，眼眶顷刻湿润起来。

天边的红云越来越浓，带着江风新鲜气息的空气扑面而来，隐于山坳、林间的村庄，鸡犬声此起彼伏，像一曲乡村交响曲，直逼人心。这一岸人间，一岸天堂的美景，就这样轻易荡去了那些从钢筋混凝土里带来的烦乱、焦躁与不安。

我和阿尘都是经历过许多磨难的女子，在烦乱的人间，早看破了恩怨情仇、生老病死。而今，当我们回到自然的怀抱，回到心灵的天堂，更加明白，这人世间所有的苦难，不过是，不过是上苍对我们的一次次历练。

"哞……"突然，临江湿地传来一阵低沉的牛叫，我不由得收回遐想，望向天边。天边云霞已随这人间的初醒迅速散开，一轮红日冉冉升起，金光四射。

太阳出来了！太阳出来了！！

红日像一位沐浴而出的新娘。透着羞涩面容打望着人间，映衬着周围的云层也泛出淡红色的光晕，像一层轻纱布于天地间，而红日上方的那一抹墨色云层也变得更加明显，像一道石拱桥横架在两山之间。桥上围栏若隐若现，有细小的云丝飘过，仿佛衣袂飘飘的侍女款款行来。

我们屏息凝望，不敢高声语，恐惊了天上人……

不知过了多久，崭新的红日已将光芒遍洒大地，隐于山涧、江河上轻纱般的薄雾已然散尽，江面不时响起长短相间的汽笛声，悠扬而悦耳。

我们逐级而下，不时遇见着灰色道袍的道姑穿行于山道，有的握帚清扫一地落叶，有的拾级匆匆而行，个个面色淡然，透出一股安然之色，好一副超然世外的神情。看这些修行于此的女子，我竟萌生了长久留住的愿望。等我们一行行至千年黄葛树旁的麻姑洞时，我竟随着山顶的晨钟盘膝坐下，双手合十，眼观鼻鼻观心，任由钟声一遍遍涤去满心杂念，超度我这满是旧疾新伤的皮囊，这一刻，竟觉得人世间所有的恩恩怨怨，生生死死，都抵不过片刻静心来的安然、平静。

是啊，生命只是一种过程，唯有内心的安宁，才是人生最大的幸福。

回望来路，那袭旗袍女子，那些低眉的道姑们，此时，正随一声声晨钟，和我一起，向时光深处缓缓走去。

2014.7.14

135

云朵里的钥匙

　　初冬，天气阴霾，灰暗的天空无端地生出一种沉重的气息。我们来到岷江峡谷的龙溪乡，这里有一座石砌碉楼建造的羌人谷民俗文化博览馆。我们到来时，碉楼底部木门紧闭，一道原始木锁将古羌原始古朴的生活与外面缤纷的世界隔绝开来。

　　记得父亲说过，羌寨人家的钥匙都在门洞里。这种原始的木锁，羌人老少都会开启，只要伸手取来便可进入，门锁只为阻隔野兽，并不对人设防。我们一行数十人，虽用尽办法，依旧不能进入，实在是不解其中奥妙。门，最终由一位过路的羌人打开。

　　站在门前细看，木锁结构非常简单，一块长方形状的木框横在门板与门柱之间，木框里几个凹槽，当刻有相应凸块的木钥匙插入木框中，齿孔咬合，即可转动钥匙，撞开插销。

　　步入大厅，一种神秘的气息迎面扑来，我们仿佛置身于古羌千年的时光更替中：青铜、玉器、双耳罐、释比图经，以及古羌人的婚嫁丧娶……它们便隔着厚厚的时光，对我们发出了神秘的呼唤。

恍惚中，有脚踏云云鞋，身穿羊皮褂，头缠白帕的羌人，自云端而来。羊皮鼓震颤人心的鼓点，将人带入一方古老的习俗中：不管是婚嫁丧娶，还是春播秋收，转山会，"瓦尔俄足"（妇女节）；族人们围着熊熊篝火，喝咂酒，唱山歌，跳锅庄的欢快场面，就那样通过满墙的图片向我们涌来，我们被这个民族悠久的历史、神秘的宗教文化、奇特的生活习俗所震撼。

带着对羌民族寻究问底的心理，我们开始向高山进发。汽车一路盘旋，从峡谷攀升到一千九百七十米处，来到了云朵上的街市——萝卜寨。萝卜寨是羌区唯一一座以黄土夯筑的村落，两百多户人家在这里绵延生息了数千年。

现今的萝卜寨分新寨与老寨，"5·12"地震一瞬间摧毁了这座千年老寨，可不到两年时间，在广东省的援建下，一座新寨毗邻而立。老寨经过修复，在这块苦难的土地上，向人们述说着时光的更替，向人们展示着它那苦难而又顽强的身姿。

我们穿行在老寨的残垣断墙里，感受着昔日羌人生活的气息：玉米苦荞、苹果核桃、山泉杂酒、烟熏腊肉。我们可以想象得出，这个自给自足，云朵环绕的村寨曾有过怎样的繁华。萝卜寨曾名富顺寨。或许，这正是寓意这块天赐国土的富足吧。

萝卜寨曾几易其名，最初以山势地形命名为凤凰寨。百鸟之首，得天眷顾，在岷江峡谷自由翱翔了数千年，虽经历了无数的天灾和人祸，依旧顽强地在羌山之上绵延。

取名萝卜寨不足百年。相传昔日这凤凰寨所处汶川与茂县之地。睿智的羌王便周旋于两府之间，为族人躲避掉不少苛捐杂税。官府怨恨，派人攻打。族人奋起反抗，终是寡不敌众，勇士的头颅被官府如萝卜一样砍下。族人为纪念勇士们，将寨子更名为萝卜寨。

萝卜寨的羌王府修建在禹王庙旁，地震前为村小，现今还原成旧日模样：议事厅、会客厅、卧室等一应俱全。在议事厅宽大的虎皮椅上，羊皮褂、猎枪、弓箭以及环绕着巨大的火塘而设置的桌椅，似乎还在无声地诉说昔日羌王的英武和部落的强盛。

　　围坐在羌王府的火塘边，望着那极具神权的王位，我仿佛已幻身于一位羌族女子，回到了这世外桃源一般的家园，匍匐于威仪的神杖下，聆听先祖遗下的声音。

　　羌族女子素来心灵手巧，耕田种地，相夫教子，样样拿手，而一手羌绣，不光带给自己美的享受，还缔造出一份宝贵的民间艺术。俗话说："一学剪，二学裁，三学挑花绣布鞋。"在羌寨，十二三岁的小姑娘都会飞针走线，做得一手好绣活。

　　记得2011年清明，一对诗人朋友前来看我，在汶川县拜见嫁入羌家的姑姐，没想一个汉家女子，几年时间，也练得一手好绣功。一幅壁挂赠予诗友，竟是爱不释手。

　　凝神中，仿佛有羊皮鼓声从云中传来。循着鼓声，我们来到禹王庙遗址。这座羌山最大的庙宇已毁，只剩下几株千年神树还傲然仁立在大峡谷观景台前。千年来，它们就那样安详地注视着岷江从脚下蜿蜒而去，不理人世纷争。

　　当我疲乏地坐在一块石狮上休息时，不远处走来一位摆摊的羌族大姐，说神庙遗物，不可亵渎。并指着旁边的祭台对我说：这是释比做法的地方。我转身朝石狮后面望去，青石凿刻的石板上，凝固着的血迹上还粘着几根鸡毛。

　　原来，前不久，寨里有人生病昏迷不醒，家人请来释比施法降魔逐疫。释比用雄鸡鲜血祭拜神灵之后，拿起神杖围绕着石狮，一手摇铜铃，一手舞神杖，边旋转边念念有词，舞动的神杖刮起一阵风朝病人扫去，不到半炷香时间，病人睁眼说话了。

　　毋庸置疑，羌人崇拜神灵，早已融入日常生活之中。释比所具有的

迁徙的红柳

连接生死、直通神灵的奇异功能，注定了他们将成为部族中最具权威的文化人和知识集成者。我一直在想，他们手中的神杖，难道就是开启神灵之界的钥匙吗？

元代马钰有"宝殿金门玉锁。要看搜寻云朵。无影钥匙儿，便把转关剔过。剔过。剔过。自是无升无堕。"看来世间真有无影钥匙。当然，对于我们来说，这无形的钥匙，应该就是走进羌寨的每一颗心吧。

离开羌寨返程时，遇见一辆接送孩子上学的面包车挡住了去路。当本地老师委婉地请求让道时，司机发出怒声，言下之意，游人的来来去去，吃空了萝卜寨的物产，搅乱了萝卜寨的宁静。不知为何，我的心里竟升起一种隐痛。或许，关门闭户真的能够保存一份纯正，可少了与外界的接触，现代文明所带来的先进科学文化，又从何去寻求？

望着一车等待上学的孩子，我在想：他们其实也渴望读书学习，渴望走出山寨，走向外面的世界吧？我相信，古羌人遗留下的许多不解之谜，终会随着这些孩子获取的知识而得到破译。他们今天的下山求学，其实也是在寻求另一把无形的钥匙，或许，不久的将来，他们便会打开人类与自然那一道道更为神秘的大门。

2014.12.8

永远的阿牛哥

相传，在很久以前，有一位勇敢勤劳的黎族青年阿牛哥，在五指山狩猎，发现一位仙女思凡来到人间变成的梅花鹿。青年猎手穷追不舍，追了九天九夜，翻过了九十九道山，趟过了九十九条河，从五指山一直追逐到三亚湾的珊瑚礁上，茫茫的大海挡住了鹿的去路，当青年猎手弯弓搭箭时，梅花鹿突然转身变成了一位美丽的黎族少女，含情脉脉地凝视着青年猎手。

故事的结局是两个人从此结为夫妇，过上了幸福美满的生活。后来，人们为纪念他们的爱情，将那个地方取名：鹿回头。

知道这个故事是坐在通往天涯海角的旅游车上。

五月，好不容易盼来黄金周大假，为了捕捉一份意念的清新，以填补几乎被现实掏空的心灵，我把自己悄悄放逐到了天涯海角。

风和日丽，天宽地广，一种舒适明朗的感觉令人心旷神怡。

海边的风景，椰子树的风姿，海的女儿特有的风采，使我思维游入赏心悦目的悠然中，此时的我，无欲无求，平静极了。

夷地独特的文化艺术、传奇故事、风土人情、自然风光把我引入了另外一个世界，我仿佛是来寻找什么，来等候什么。

上岛的第二天，我们来到了民族风俗村，幽默的导游小姑娘在讲完"鹿回头"的故事后，给大伙儿两小时去寻找自己的阿牛哥和鹿妹妹，据说是两座雕像。

一阵微风吹过，悠扬的音乐像是从天外飘来。

民族歌舞表演大厅座无虚席，我站在门边欣赏、陶醉。

一曲竹竿舞在舞台上疯狂，性情所至，我脱鞋上台学舞，台下的观众也纷纷上台，舞台沸腾……

表演结束了，观众缓缓离去，我仍恋恋不舍。

刚走到门口，身后传来悦耳的音乐声，一个二十八九的小伙子，身着红色的坎肩，黑色宽脚短裤，手拿一枝树枝，一边吹着欢快的曲子一边朝舞台边走来。我像是被施了魔法似的转身径直朝他走去，在离前台不远的地方，缓缓坐了下来。定眼看那小伙子，明眸皓齿，健壮而英俊，似乎在哪儿见过，再一细看，正是跳竹竿舞时好几次用竹竿夹我脚踝的男子。此时，他就站在舞台前沿，在离我不到一米的地方，热烈地吹奏着曲子。

大厅的人早已散去，眼前就剩下我们俩。小伙子用树叶儿不停地吹奏着，一曲《真的好想你》把我的思绪带到好远好远的地方，我呆呆地望着他，一种从没有过的忧伤浮上来，脑海里一片空白，世界仿佛已不存在，一时间心被掏空的感觉又一次向我袭来，孤独、无助，雾气不争气地罩住了我的双眼。

泪眼里，小伙子坐了下来，递给我一支树枝，定定地看了我片刻，随后摘下一枚树叶儿又接着吹了起来，《月光下的凤尾竹》《婚誓》《良宵》……从民族音乐到现代音乐，从情歌到流行歌曲，吹奏的人如痴如醉，听的人泪眼婆娑，彼此的眼神就那样死死纠缠着，不肯稍离半分。眼神仿佛在述说什么，是前世还是今生，抑或是在彼此的梦里，那些冥冥中不曾了结的情缘是否正在牵引着彼此，千万里我来到这里仿佛就是为了遇见他，而在这里等候了千年的他，似乎就为了我今日的到来，我痴了、傻了，呆呆地望着他，以致泪流满面。

舞台上偶尔有三三两两的小姑娘来回走动。没有谁来惊扰这对吹和听的人。

姐姐寻了过来，看见两个人的情形悄然离开。我不知道是怎么从姐姐手里接过冰淇淋的，也不知道冰淇淋是怎么从我手里一滴一滴融化掉的。我只知道，我深陷在那双深井一般的眼眸里，仿佛要窒息一般，抓不住一根救命的稻草。我绝望地挣扎、喘息着，整个心在一种从没有过的沉重里往下坠，深不着底……

两个小时过去了，起程的喇叭响过了一遍又一遍。

小伙子站了起来，把手中残留的树枝递给了我。眼神里透着一种绝望而悲伤的神情，那一刻，我仿佛听见心的破裂声……

生离死别就在眼前，我艰难地向门口走去。跨出大门的那一瞬我再次回头，站在台前的小伙子一动不动像一尊雕塑，满睛泪光。我闭上双眼，嘴里喃喃地冒出了一句："阿牛哥……"。

在旅游车旁，我拿出手机拨通了电话："我不回家了，我找到了我的阿牛哥……"

电话戛然而止。我耸了耸肩。上车。一路无语。

之后的旅程，什么也不再记得……

2008.10.12

烤 玉 米

安置在病房过道上的阿婆，约莫七十岁左右，满头花白的头发，清瘦的面颊没有半点儿血色。缠在头上的纱布隐约透出些血渍，时间有些久了，颜色已经泛黑。

阿婆是果农，住龙泉驿乡。几亩山地水蜜桃，5月就落果。树下种了时令蔬菜，地头是一些玉米，不多，空闲时孙子用自行车驮了进城叫卖，换零花钱。

赶集时，阿婆被一辆疾驶而过的小车撞飞，等孙子扶起阿婆，肇事车早已没了踪影。

阿婆的独子几年前外出打工，说是出了事，反正活不见人，死不见尸。媳妇儿没两年就跟别的男人走了。孙子和奶奶靠着几亩果树过日子，转眼也就十四五岁了，小小年纪，为了照顾奶奶和果园，早已辍学在家。

奶奶出了事，又没抓住肇事者，就由乡亲帮忙送脑外伤急救中心来，费用太高，住不起病房，被安排在了过道。

这是1989年8月，我因车祸在这脑外伤急救中心已住了大半年。病房里的病人走马灯一样不停变换，而这对婆孙却给我留下了深刻印象。

阿婆送来三天后才醒来，陪伴的乡亲回去后，只留下了这个脸上一直挂着笑容的孙子照顾。阿婆的病床正对着我的病房门，相隔三至四米距离，就像在一间屋里，没事就唠嗑儿。婆孙都健谈，一点儿也不怨天尤人，对车祸看得极淡，说是命里注定的劫数，躲不掉的。

那时母亲在照顾我，住的时间久了，母亲就每天到楼下给我炖菜，自己开伙自然便宜得多。这婆孙俩来了之后。母亲每天都会多炖一些菜，端一大碗给阿婆，阿婆就往孙子碗里拨，孙子也不时选好的给奶奶夹，看的人眼睛发涩，我就给妈妈说："妈妈，我想吃鸡了。"

母亲笑了，她知道我这人习惯，就喜欢吃鸡头、鸡爪、鸡翅等这些乱七八糟的，也不说什么，买了炖好，我自然是这不吃那不吃的，一只鸡大半进了婆孙的碗。阿婆不好意思，说老吃我们的，过意不去。正好有乡亲来看阿婆，提篮里有还没卖完的玉米包，我说想吃，那孩子立即跑食堂去烧。

医院大都用的是煤和电，这孩子转悠了大半天才在锅炉房的煤炭上把玉米烤好，送到病房的时候，我看他满脸尽是黑灰，憨憨地笑着。我咬了一口，随即皱起了眉头，满口的煤气味道，实在是无法下咽。那孩子接过去掰了几粒丢嘴里，"呸……咋这难吃啊。"

他很不好意思："我们乡头，用柴火烤出来的，真的很香的。"

阿婆可以下床走动了。这天早晨，母亲又出去买菜，阿婆来到我的病床边坐下，照看着我。我正在扎银针做理疗。大半年了，还无法下地活动，加之面瘫，面部毫无表情。阿婆心痛地抚摩着我的手说："丫头，开心点儿，人世间没有过不去的坎。"我一边点头一边望着门外。

耶，怎么不见小家伙儿了呢。一问，说是回家了。

8月的成都，闷热难熬，室外怕是有三十四度左右了，汗水一滴一滴往下淌，连枕头都湿透了。也懒得说话，双眼无神地望着天花板

迁徙的红柳

发呆。

"姐姐，姐姐。你看，这是什么？"耳边响起了那孩子的声音，我转头一看，首先映入我眼帘的是他满头的汗水，红扑扑的脸蛋，头发像被雨淋透过的一样，身上的汗衫也湿透了，再下面伸出的双手上，是三个大大的烤玉米棒子，我一下就坐了起来，去接，竟然还是烫的。

"哪里来的？"我傻傻地问道。

"我专门回家给你烧的。"依旧是那憨憨的笑容。

我的天，这大热的天，龙泉驿离市区二十多公里，这孩子竟然骑自行车来回四五十公里，就为了给我烧几根玉米棒，望着他，我一时竟不知道说什么好了。此时的我，既没有笑容也没有眼泪，车祸剥夺了我表达情绪的所有功能。我只好埋下头来，一粒一粒掰下玉米籽，丢进嘴里细嚼，柴草的味道，乡村的味道，汗滴的味道，浓情里的温馨味道就这样回旋开来，在我的嘴里、心里直至记忆深处，弥漫……

一个月后阿婆出院了。阿婆说："乡里人，哪有那么娇贵啊，回家躺躺就好了，家里还有鸡，还有猪。"当时不明白，别人怎么就恢复得那么快，现在想来，这人啊，一旦心里有信念，肩上有重担，自身潜在的康复功能就能全面开动，难怪现在很多心理疗法，音乐疗法，自然疗法。其实，这些就是调动人体自愈功能的。

后来，听说那男孩进城送过两次烤玉米和蔬菜过来，寻我不见，就都给了值班护士。我回医院复查的时候，好几个护士都在说。只是，这一隔二十多年了，不知道这婆孙俩又是怎样的一番境遇了。

烤玉米从此成为一种温馨的记忆，陪伴我走过了这大半的人生，不管走到哪里，只要看见摆摊的，就必须买上一根。我不知道是在品味什么，是柴草的味道，乡村的味道，还是那小男孩汗滴的味道……

2011.11.9

正月十五看花灯

一到正月，就盼着十五观花灯。这在川西坝子，早已经是传承千年的习俗了。

那时候还在高原工作。每到过春节，机关干部，市井小贩，一律休假赶回内地，如大雁南飞，雁儿逐春，我们逐年。

第一次观花灯，正值二十出头。寒假随了闺中密友亚男前往遂宁她爹妈家过年。正好那地儿有一大帮同学。于是，从初一开始便东家走西家串，周边的名胜古迹，庙宇寺院，无不留下我们欢聚的身影。广德寺的银杏树下，灵泉寺旁的石狮子前，一群龇牙咧嘴装模作样的合影照片，此时还摆在我的案头。

一晃就到了正月十五，一早被小舅叫了起来，赶往广场才知道那是一年一度的元宵节灯会。这元宵节灯会起源于西汉，盛及唐朝，在川西坝子中心芙蓉锦官城形成成都灯会，已有一千八百年历史。大型的青羊宫的道灯、昭觉寺的佛灯、大慈寺的水灯都名著一时。周边县城乡镇虽没有如此庞大的阵容，但年年的观花灯，耍狮子，舞龙灯，踩高跷那是必不可少的节目。

身为川剧艺术团演员的小舅，理所当然地干起了舞狮子的活。因为是小舅带进场的，也就占了最佳地势，近距离地欣赏所有节目的表演过程。

起得太早，匆忙里也没吃什么东西，肚子饿得咕咕叫。亚男就拽了我满场子转，卖凉粉的、担担面的，烧饼锅盔一应俱全。我特喜欢吃豆腐脑，麻辣爽口不说，撒在里面的大头菜碎粒，一嚼，满口生香；还有油茶，配着小麻花扇子，那个美啊，现在想起来，还忍不住咽口水。

不一会儿小肚子就吃得圆鼓鼓的了，便又一个劲儿地往人群里钻，眼睛四下里寻找小舅，看见小舅舞得正欢，就溜一边猜灯谜去了。

制作精巧的各色花灯大白天也亮着灯。拣了喜欢的抄在本上，有的猜出了结果，就扯下条幅前去兑奖。我和亚男比试着猜谜语，不一会儿双双都得了一大捧的小礼品，剪子啊，小刀啊，发卡，文具等等。小玩意儿琳琅满目，倒也不稀罕，只是猜中结果时很有点儿成就感。

临近黄昏，市里几个大单位的舞狮队陆续汇集过来，广场上人头攒动，龙灯狮子在人群里穿来插去的，火花四溅。引得人群像浪潮一般涌来涌去。惊叫声，喝彩声，此起彼伏，广场像是炸开了锅。亚男紧紧拽住我，随着人流涌来荡去，灯会盛况空前。

南宋诗人陆游在《丁酉上元》诗中曾这样描述："突兀球场锦绣峰，游人仕女拥千重；鼓吹连天沸午门，灯山万炬动黄昏"。

那是1983年正月。时隔二十七年，我们从一个城市流浪到另一个城市，年年春节，年年乏味。再也没有经历过那般具有民俗特色的春节了。

随着时代的发展和变迁，经济越来越发达的城市里，具有如此浓烈气息的民间活动逐渐退隐，城市里除了一拨又一拨赶在假期外出旅游的，就是守在家中面对电视电脑发呆的。多了物质与精神的享受，却少了人情味和现场感，很多时候想起，总不免觉得失落。

我还是想说，民族的、民俗的东西，才是最具魅力的文化艺术。

2010.2.4

拉　保　保

按川西坝子的习俗，过了大年十五，便开始踏春。

这个冬天似乎特别压抑，年前就萌发了外出一游的心思，谁知家里出了一摊子的事，整个春节连亲戚家都没心思走动，更别说外出了。待到大年十五一过，心思又活络起来，周边乡里的庙会啊，集市啥的，听说是热闹非凡，很想前往，不为别的，就为感受那番热闹喜庆，遣散郁闷已久的心情。

当孩子们推翻了前往温江"国色天香"游乐园一赏花卉、园林的计划后，老公试图鼓动一干人马去体验温泉的魅力，意见不统一，最终还是放弃选择这些人为景点，决定前往广汉参加"保保节"。

"保保节"始于清代康熙年间的"拉保保"活动，"拉保保"又叫"拜干爹"，距今已有三百多年的历史。"保保节"是民间为了保佑孩子平安拜结"干爹"而形成的传统节日，同时也是一次隆重的商品交易会。

正月十六这天，闹过元宵的人们纷纷走出家门踏青游玩。据说这天出门踏春，不光能消百病，还能招吉祥。而在广汉，更多的时候是以"拉保保"为主要内容，这也是整个春游活动的高潮。因此，四邻八乡的人们这一天都会聚拢过来,甚至很多远方的人也闻讯前来一睹节日的盛况。

一大早，远近闻名的房湖公园就挤满了人，老城墙下，那代表十二生肖的十二株古柏前就已寸步难行，近十万的人流汇集在古城墙的堤坝上，山坡上，以及那些大小通道上。初春的阳光撒在游人身上，人流拥挤散发出的热浪熏得人们脸上都泛着红光。我们随着人流缓缓前行，已经有汗水滑落前额，前后左右不时有人蜂拥而至，人根本站立不稳，身体随着人流东倒西歪的。而周围呼叫的声音一浪高过一浪，随着"拉中了！"的叫声，人群里便会闪出一群簇拥着一个手抱哇哇大哭的孩子，左右手臂被四五个青年壮汉架住的男子，那男子头上还斜歪扣着孩子的童帽，一脸的哭笑不得，游人全都笑望着这个不知道是倒霉还是幸运的人，看一行人渐渐远去。

据身边的人讲，那些人现在是去协商，进行结拜仪式。早年间，如果被拉中的游人接受了，便在古柏树脚下，摆设香案，进行结拜仪式。孩子向被拉中的游人跪拜叫"保保"，游人为孩子取一吉祥的名字。然后是双方大人互通姓名住址，以"干亲家"相称，就地举杯饮酒祝愿。

而今"拉保保"随着社会的发展和变迁，一改传统的习俗，从内容到形式都发生了变异。现在不光有拉"保保"的，还有拉"干儿女"的。一旦被拉中，便由孩子的家人将"保保"簇拥出人群，找人少的地方，互通姓名、职业及详细住址，道出孩子父母的心愿，然后到酒馆或餐厅宴请"保保"。"保保"也要为孩子取名字，赠礼品。许多保险公司很看好这个活动，四处设点推销少儿人身保险，生意很是火红。

我们穿行在人群中，时刻担心被人瞄上，但听周围的人讲，这拉"保保"还有相面先生在暗地里指点，被相面先生相中的大多是那些戴眼镜，长相满带福气的中年男子。我扭头看了看身边清瘦的老公，虽也戴着眼镜,可怎么看也不像是文人或者是当官的像,看来大可放心了。就在这时,有两三个青年男子渐渐向我们挤了过来,我的心不由得一下就紧张起来,用手拽紧了老公,生怕一帮人突然围拢过来。说实在的,就老公那样的身体,几番拉扯,还不被推翻在地才怪呢。

人挤得越来越紧,突然,那帮人抓住了我身后的一中年男子。哈,原来他们的目标在我身后啊,看把我紧张的。我和老公飞快闪开,身边已经乱成一团,一抱孩子的妇女挤了上去,孩子被递到那个人手里,推揉中,孩子哭了起来,望着哭泣的孩子,那男子说:“算了吧,孩子看见我就哭,看来是没缘分。”说罢将孩子塞回妇女怀中,挣脱拉扯钻进人群消失了。留下面面相觑的那帮小伙子和孩子家长,有人说:“你们看,好可惜哦!”。

实在是太拥挤了,我和老公从人流里退了出来,坐在湖心亭休息,等待还挤在人群里看稀奇的孩子和家人。环顾四周,这才看见,公园里不光是“拉保保”,杂耍的,演戏的,小摊小贩是应有尽有,而表演节目的场地,不时有喇叭声清晰地报出拉“保保”成功的人数,原来,会场里还设有专门登记验证的机构,以防有行骗或者强人所愿的行为,也正因为如此,“保保节”才得以延续。

拉“保保”在中午前基本上也就结束了,片刻之后,人群散去。远道而来的,就此机会前往三星堆参观,近处的便停歇在周边的“农家乐”里。“农家乐”的生意由此火爆起来,出来游玩的人们以麻将、棋牌、娱乐、聚餐消遣余下的时光。

我们吃罢午饭,顺道参观了三星堆,而后打道回府。回到家来,个个累得狼狈不堪,可春天播撒在彼此脸上的笑意仍在回旋,相互打趣回味在公园里经历的快乐,谈论由拉“保保”延伸出的点滴趣闻,真是不亦乐乎。看来此去一游,不光遣散了积郁多时的不快,还了解了不少的民间风俗和传说,收获还真是不小。

2009.2.23

151

拜师承德来修行

话说与承德结缘，结识良师白德成。是为偶然中的必然。

2009年10月，因为诗歌，前往承德避暑山庄。在简明老师和薛梅老师主编的《中国网络诗歌前沿佳作评赏》作品研讨会上，一篇名为《你能到我的身体里来一下吗？》的发言将我深深吸引。面对眼前那些文学界、诗歌界的前辈们的发言，我只是怀着欣赏、学习的心情仔细倾听，唯独对这篇《你能到我的身体里来一下吗？》的发言，充满了仰慕与敬佩，我被这篇光彩四溢的文字震撼，并为之感动。

我扭头望向主席台，看见与简明老师相邻不远而坐的一中年男子，长发，一身深蓝色中式对襟衣衫，儒雅而俊朗，神态自如而潇洒，仿如修炼千年而得道的仙人，不染一身尘埃。就在这个10月的午后，在承德，在双滦维多利亚大酒店的会议室里，我被眼前这个有着仙风道骨般风采的诗人所迷惑，我沉浸在那些感人的词句，那些幽默而智慧的语言里，久久不能移动双眸。这个研讨会，我记住了："请你来一下吧，这就是你的，我的，叫作诗歌的地方。"记住了白德成这个名字。

　　是夜，与会的领导、作家与诗人们欢聚在KTV。由于身体原因，一直就不喜欢进入娱乐场所的我一直在伺机逃离现场。就在这时，白老师手持话筒，随着五哥放羊的曲子步入舞池，看见心中的偶像加入，精神为之一怔，我坐直了身体，凝神聆听。虽说自己嗓音不全，不擅唱歌，但生性喜爱民乐，写作也好，休闲也罢，总会一遍又一遍在中国古典民乐里徜徉。面对白老师浑厚，充满磁性的歌声，我已然无法拒绝走进这歌声营造出的意境中去了，我再次被震撼，如中蛊一般……在离开承德很久很久以后，仍然无法忘记这一腔悠扬的民谣和潇洒的身影。

　　回到网络，一次又一次从朋友的博客辗转进入白老师的博客，去偷听那些摄人心魄的民乐，去偷窥那些震撼人心的文字，一切都是偷偷进行的，不敢贸然打搅，更不敢惊扰了这一份宁静。如果把众多的博客喻为闹市，虽然他们都冠以诸多雅致的名号，可熙熙攘攘来往的人群，最终还是把那些地儿走成了喧躁的闹市，这并不为博主所能左右。我一直不喜欢在太多人的地方掺和。平时虽然喜欢在群里忽悠，喜欢在各论坛组织活动，可我知道，在我心灵的某个角落，一直渴望一份宁静，渴望与世隔绝的感觉。而白老师的博客，恰恰给我的就是这样一种世外桃源的感受，这是一种淡泊，是一种宁静，是从文字里流淌出来的，是与生俱来的，与品位和修为有关，是任何人为无法效颦和模仿的。

　　于是，我时常一个人来到白老师的小屋旁，远远观望，静静聆听，感受某种神秘而充满灵性的呼唤。终于，在2010年6月，等来了薛梅老师的一句话："热河杂志新开了文学网站，你找白老师报到去吧。"我立即在同题诗歌群里点击白老师的QQ，这个我不知道多少次想点开与之对话的QQ，今天，终于名正言顺地被我点开。我成了热河论坛《跳跃的鹿》诗歌版面的值勤斑竹。

热河杂志，是白老师一手主办，极力打造的承德地区的一个顶级文化品牌，从资金筹备到编辑组稿，以至刊物的发行，无不是白老师无私奉献的结果。在白老师的感召下，在与之相匹配的热河网站里，汇集了一大批来自承德，河北，乃至全国各地的文化界名人和众多文学爱好者。白老师不光在杂志与网站里来回奔波，更极力推广承德的文化艺术，不停地扶持、栽培文学新人。身处这样的环境，我再一次被白老师的人格魅力所征服，以至全身心投入到热河论坛里来了。

　　随后，一切就犹如上苍早就安排好的一样，在我嘻嘻哈哈闹腾的背后，白老师总是在简短的对话里，一次又一次为我指点迷津，为我指引一条光明之道。不光做文，更在于做人。于是，我知道，我渴望偶遇的良师，又一次被我幸运地遇见。我常说，良师与真爱一样可遇不可求，得之我幸，不得，我命。如今，再遇良师，夫复何求？

　　恩师在上，请受徒儿一拜。一日为师，终身为师。

2010.10.23

情系普宁，佛音袅袅

每晚入睡前，母亲总是在客厅的一角，手捻佛珠对着菩萨吟诵。持续这件事已经又是两三个月了，母亲当初病重送过来时，人已无法下地行走，念经诵佛的事儿，就只好由我帮着做了。我不是一个有慧根的人，对佛事一窍不通，每每点燃香烛，不知怎样祈祷，就只说："菩萨，你若真有灵，就请保佑我母亲早日康复，让她好起来，天天在你的佛像前烧香磕头。"

事也真是奇妙，没过多久，母亲竟又熬过了一场生死。之后，每天一早一晚烧香叩拜、念经诵佛，这功课做的是极其虔诚。

前几天，为处理生活里的一些俗事，一气一急，我心悸的毛病又犯了，总担心第二天无法醒来，就在网上与师父述说，师父便一再强调让我多读佛经，多出门走动。并要我参悟生死的道理。对师父的话，我是当圣旨对待的，当晚便立即下线去寻找佛经。

我找到了手里存留的唯一的一本经书，而它的得来，却联系着一份佛缘。

2009年10月中旬，因为诗歌，竟意外得到一次前往承德避暑山庄游玩的机会，这是在我有生之年，从未、也没敢想象过的事情。在这个秋天，因为诗歌，因为一份挚爱，我孤身一人北上，去向我心中的圣地。

当得到承德方邀请的时候，母亲和丈夫还躺在病床上。到现在我都还没想明白，是什么力量促使母亲和丈夫在短短半月的时间里痊愈的，并在我出行前双双得到医生批准而出院。我只记得，当有亲戚朋友来探院时，他们总会骄傲地告诉别人我将去承德领奖。其实，那不过是一次小小的诗歌征文获奖，家人并不懂诗歌，他们为之欣喜的却是我去的那一方土地，昔日的皇家园林，皇帝避暑的行宫，这对远在西南而生活在最底层的人们来说，那将是多么大的荣耀啊。正是因为这样的荣耀，才使得久病的母亲和丈夫奇迹般熬过了那一坎。

踏上承德这方热土，我不光被北方雄伟的山川震撼，一样被承德人的热情所融化。在短暂的三天时间里，我零距离接触了一帮文字上的挚友和老师，零距离接触了一种高贵而显赫的气势，那些从历史深处流淌出来的气韵，通过起伏不停的山川，宏伟的建筑，那些神奇的传说，那些浑厚的历史，无不让我如沐圣恩。

记得到承德的第二天，一向羸弱的身体便开始发出不适的信号，当然不好意思麻烦组委会，于是立即发短信给落花如雪，这是一个聊得并不多，仅仅是在论坛里一起写过诗的姐妹，闻讯立即购药送来，这让我在之后几天里能够尽情放松游玩打下了良好的基础，我甚至不知道她的真实姓名，只知道是承德人，一个充满爱心与热情的满族女子。

采风期间，从避暑山庄万树园东门出来，在前往普宁寺的途中，我与身边一位石家庄的女诗人白兰攀谈，她从闲聊里大体知晓了我当初的家庭境遇，于是，在普宁寺大雄宝殿的一角，拉着我的手，要与我在此结一段佛缘，她特意为我请了一本经书。当这本经书并夹带着五百元现金交到我的手上时，我的心里除了满满的感谢就是无言的悲伤……

迁徙的红柳

　　缓步攀行在寺院的台阶上，每一步都是那样沉重。当踏上最高一层的时候，阴霾的天空开始风吹云散，一缕阳光直射下来。白兰拉着我盘膝坐下，双手平放在双腿之上，手心朝上，拇指与中指自然对接，而后眼观鼻、鼻观心、心无杂念，随即，一丝温暖穿透我的掌心，经任督二脉，直逼我的天台之宫……

　　随着风吹塔铃的声响，我的灵魂似乎从我的躯壳里飘升出来，悬浮在空中，看着我那满头花白的头发和愁苦的面容——我竟失声悲怆起来。那一刻，我这一生所遭遇的苦难，我家人所遭遇的苦难，我来人世间所遭遇的一切委屈，似乎都通过我的悲泣而发泄出来……

　　离开承德已经两年有余，我饱经苦难的丈夫已经脱离苦海，我时常在大悲咒的音律里悲声，而这时候，我似乎已经不再是为自身的困苦而流泪了，更多的时候，我是为我身边的人和事而悲悯，为这无边的烦恼悲悯，我不知道要怎样才能走出生老病死的折磨，要怎样才能走出天灾人祸的困惑。

　　每晚，当母亲喃喃的吟诵声撞进我的耳鼓、撞击我的心灵时，我总会回想起在普宁寺里经历的那一幕，想起那一缕穿透我心的温暖，我便知道，这世间所有的苦难，不过是，不过是人世间的一次次磨炼……

2011.7.11

塞 上 行

一、出塞

8月的川西平原依旧潮湿闷热，老天爷仿佛发了疯，不停地用暴雨和烈日肆虐大地，人人如热锅上的蚂蚁，坐卧难安。就在这难熬的季节里，一场酝酿已久的"中国作家看承德"散文高端笔会在避暑胜地——承德，如期召开。

接到热河网特邀通知后，我立即与四川文学的常务副主编高虹老师取得联系。于是，出塞的计划提前十多天便纳入日程。订票，准备行李，联系朋友。在激动、渴盼与忐忑不安里，我跟随高虹老师踏上舷梯，升上了万米高空，直赴燕山……

这是第二次前往承德。

两年前，因为诗歌，因为文字，在《诗选刊》官方论坛邂逅了诗人王琦，从此，承德犹如我遗失已久的故乡走进了我的视野，直至我的情感深处。当我在键盘上敲下一

迁徙的红柳

组组关于承德的诗歌，我那流落异乡的情怀，总会在文字的光影里，带着我一路飞奔，朝向燕山深处的故乡，回归。

回家。回家。紫塞高原上，我的木兰、我的围场、我的燕山、我的滦河，我恒久的爱人啊，就这样在跳跃的文字里苏醒，并且栩栩如生。

那些日子，我的情感，执着地往返于西南与塞北，我的文字，在跳跃的马背上行吟歌唱，我的兄弟姐妹，击拍而歌，将我揽入怀中。2010年6月，坝上女子薛梅，将我带到热河，引入家门。

这条世界上最短的河流，在其深厚的文化、历史背景里缓缓走来，它借助不同的面容，不同的声音，向我诉说着一个个朝代的兴衰，诉说着一段段人世的变迁，以及一件件人间的悲欢离合。

在这里，我有幸遇见了一位良师——白德成。之后，热河论坛成了我唯一坚守的阵地，修炼、玩耍、学习、交流，我在这里如鱼得水。快乐也好，忧伤也罢，我将心情化为文字，在跳跃的鹿、散步的云里肆意地挥洒。通过文字的交流，一群真性情的朋友走进我的眼眸，走进我的心灵深处。

我率性地穿行在不同年龄，不同身份的人群里，时而幼稚，时而老练，或者化身别的面孔，在文字里舞蹈。不知道什么时候起，我那潜藏已久的母性开始膨胀，听着那些正值花季的孩子叫我姐姐娘，或者娘姐，我开心地笑着。那是一种什么样的温暖啊，亲切而自然，似乎有种割舍不断的血缘相连，我深陷在这样一个特殊的家庭里，幸福而满足。

2011年8月17日，当我和高虹老师抵达首都机场，诗人女贞子已等候多时，出得大厅，与一早从承德开车前来接机的诗人韩冈山会合。至此，我的脚步又一次踏上了塞北这块土地……

二、接风

来自全国各散文大刊的编辑老师和专家学者们已相继抵达承德。热河网办公室里,工作人员正忙碌着接待来宾。按会务组安排,高老师随专家学者前往高新区下榻。我在杂志社里等待前来参加领奖的作者,眼看时间还充沛,我赶紧电话与论坛里的蹄子、小山、朗爷、风哥几位兄弟联系,期望在第一时间里相见。

这些在知道我将前往承德参加活动的消息后,一直关注我行程的朋友,正热切计划为我接风,特别是郎爷,数天前就写下了《想象文君》,文章发到论坛、博客,引起许多朋友的跟帖,甚至转载。一片真情,感人至深。

"四海国际酒店"四海厅,十二人围坐的大酒桌上杯盘交错,各种我叫不上名的北方菜肴散发着诱人的香味,东道主小山主持着宴席,这些活跃在论坛里,不管见过面还是没见过面的朋友,此时,围绕文字、论坛、网络,就着酒劲儿,争相交流。

热河论坛本是地方论坛,扒下网络面具,很多都是现实里交往颇深的朋友,即便偶有不相识的人,也大都有过耳闻,或者神交。我微笑地看着彼此举杯致辞,感受着从未有过的亲切。

小山不时地调节着席间的话题和气氛,我扭头望向他,这个和我在论坛帖子里交流甚多的朋友,因为蹄子的误导,我曾错将他当成小姐妹,回帖里总是充满了亲昵。而今看他,在大部分黝黑的北方男人里,虽有着少有的白皙,但他举手投足间总是无意流露出一种大度而高贵的气息,更是充满了阳刚。

呵,这里我得先说说蹄子,七十二首"两栖诗"造就的奋一蹄,虽说仕途奔波多年,文字涉古猎今,却是满腔稚朴,纯真里,让人仿佛回到童年时光。每当他一声"姐姐",脸上闪现的酒窝和飞扬的眉梢透露出的神情,总能让我置身在一片明净的阳光下,随即回报以开心的笑容。

仿如土地爷一般祥和、憨厚的朗爷,别看已过天命,情感却是那样细腻,每每看见他憨笑说着话的时候,就感觉他如哥哥一般亲近,而这时，我多希望自己能够回到十二三岁时光，那样就可以拽住他的手，依偎在他身边，听他天南地北地神侃，仿佛英雄一般，然后大碗喝酒，大块吃肉。

对，还有薛梅，这个来自坝上的女子，有着鲜明的个性和独特的处世风格，每当她喝上两杯酒后，总会有条不紊地道出自己对人生的见解或者是对文学的观点，学者的风范，在这个时候总是体现得淋漓尽致。

王琦，我认识的第一个承德诗人。"小王子"是我在论坛给他起的别名。我们一起游历过不少论坛，也一起参加过不少对诗活动，从诗文交流，到人生旅途的搀扶，彼此有着许多共同的朋友和相同的喜好。在交往中，更有过许多难忘的插曲，比如生日的贺诗，比如诗评，比如大闸蟹。（这些都是他欠我的，呵呵。）那些一起写诗的时光，曾经带给我们多少快乐啊，而今围席而坐，即便不说一句话，那感动也是满满的。

我说过，没有小王子的带领，我是不会和承德结缘的，没有薛梅的推荐，我也无缘走进热河，当然，就更不会结识这帮真性情的朋友。饮水思源，我怀着深深的感激，举杯。

8月17日晚，我记住了"四海厅"，记住了一长串名字：小山、蹄子、郎爷、小王子、薛梅、士洪……

三、消夜

承德的夜晚少了一份炎热，清凉的夜风吹来，如一双温润的大手拂过面颊。当蹄子陪同我抵达民族文化宫宾馆，我与前来参加活动的散文作者会合。因平时大多时间在诗歌版面活动，对散文版面的朋友知之甚少，也就对不上号，好在文字是没有界限的，一见面，彼此便亲如一家。

而这时，因参会人员的临时变动，预定的房间明显不够。在承德如此的旅游旺季里，没有经过预定想增加房间那是相当困难的，工作人员在无奈的情况下，准备调整我去她自己家居住，我正犹豫中。因事没有赶来晚宴的一阵风，在接待完另外一帮朋友后赶到宾馆，已经躺下休息了的郎爷也赶了过来……在大伙儿一番忙碌下，我得以按原计划入住。

时间已是十点左右，风哥邀约前往饮食一条街喝酒消闲。盛情难却，于是，与蹄子、朗爷一道，约上同房间的哈尔滨作者纳兰，以及散文版面的杨文闯一同前往。

承德的夜市与成都相比，好似两个时空。在成都，夜里二十二点，正是夜生活的开始，而承德夜啤酒摊位已开始打烊。

来到风哥家附近，寻得一熟人摊位坐下，烧烤、大虾、佐酒饮食已经收摊，风哥拽了老板去别的摊位拼凑了毛豆、大虾、煮花生等食物。大伙儿围坐下来，相互举起酒杯，又是一番豪饮。

看泡沫沿着杯沿流淌，我只听见风哥快速而高扬的声音在耳畔回旋。看着他滔滔不绝，谈吐里，引经据典，便想起初入热河论坛时师父说过的话："一阵风绝对是热河街的一大才子"。再看他，临近五十的人了，还是一头飘逸的长发，牛仔裤配一小碎格的中式衫子，显得年轻而潇洒，任谁也不会相信他已近天命。记得窗子在某个帖子里说他，似一没落的贵族子弟。还别说，他留给我的还真是这样的印象：闲散在街头市井，做点儿古玩买卖，不求飞黄腾达，只求生活舒适。满腹经纶，出口成章，玩世不恭。讲品位，求格调，八旗余韵犹存。

整个晚上，我都听见他在说："文君妹妹，来自巴蜀的才女，人品贵重，才情一流。"这个时候，我总有种惭愧的感觉：呵，我真有他夸奖的那么好吗？

风哥的电话不时地响起，都是邀约他出去喝酒唱歌的，也不时有人过来加入我们的行列或者离开我们的队伍，走马灯一般。我不记得自己喝了多少啤酒，头开始晕乎起来，我更不记得来的去的都是谁，只知道，这个风哥，不光有一张能说会道的嘴，还有一帮性情中的朋友，三教九流，隐入在不同的人群里，却又时刻不离左右。

酒精开始燃烧起来，我的话明显多了起来，一直关注我神情的蹄子提议回去休息，坚持通宵饮酒的风哥似乎也架不住酒精的作用，同意散场。

与风哥就地分手。蹄子和郎爷陪同我们一路散步回到宾馆……

四、与会

塞上的白昼来得特别早，刚五点，窗外就是一片明亮。回想这短短二十四小时的经历，想起文字这媒介，不禁感叹万千。这些年来，因为网络，走近了诗歌，走进了文字，在文字里我梳理人生、调节生活、宣泄情感。以至走近了这个有着共同理想的群体。

我不止一次地告诉过我身边的朋友：诗歌、文学，并不会给我带来金钱、地位或者名誉，但是，它带给了我一帮真性情的朋友，带给了我走向外界的机遇和理由。并且，通过这些文字，我们更直接、更真切地走入了彼此的灵魂，因为，和这些朋友的相交，已经超越了世俗的范畴，是一种纯粹。

以散文形式来书写承德，宣传承德，讴歌承德是这次笔会的宗旨，也是这次活动发起人——白德成老师的心愿。这个置任何利益于身外的老诗人，以自己微薄的力量，在热河这块土地上奔走，弘扬文化，讴歌家乡，扶持新人，引导方向。而策划的这次笔会活动，更是给承德文学界注入了一股强劲的东风和新鲜的养分。

当我们从市区打车来到高新区科技大厦，还在大厅外就已经感受到这次笔会宏大的规模。大楼外的指示牌和荧屏标语，渲染出一种隆重的气势。因此，越接近会场，我的心就越发紧张。要知道，这样的文学盛会，我一介山野村妇，能够走进，而且是零距离地接触这些文学泰斗，那将是多么大的荣耀啊，我心里装满了感激。

进得大厅，与会者早已入座，我们一行人匆忙签字报到，而后兴奋地与早已到场的论坛里的兄弟姐妹相拥握手。因为有1990年的承德之行，和许多写诗歌的朋友已经有过文字交流，所以这次来并不感到陌生。而这些诗人，又大多是散文高手，当然不会放过参加这样的盛会，这样的学习机会，可是千载难逢。

8月18日上午九点三十分，"中国作家看承德"散文高端笔会开幕式及颁奖仪式隆重举行，中国散文学会领导、承德市相关领导出席盛会并讲话。白老师宣读了《独步天下·和合承德》全国散文征文的获奖名单，得知自己得了银奖，竟不敢相信这是真的，还傻傻地询问身边的朋友："我是银奖吗？"。

说真的，在众多散文高手里，在一个对承德不甚了解的人的笔端，要是没有深厚的感情，是无法写出感人的文字的，更别说得奖了。我知道自己很愚笨，接触文字的时间不长，要写出一篇满意的文字真的很难，所以，写征文的时候，我以记录心灵的感动为准则，用爱去解读我的世界。也许正因为这点，在众多的文章里我的拙作才能得到评委老师的肯定和鼓励。

开幕式和颁奖活动在与会者的交流和合影里结束了。会议大厅里，我和论坛里终日嬉笑打闹的朋友聚在一起交流，那感觉犹如多年的知交再遇，说不尽的牵挂，道不尽的思念……

五、采风

笔会的采风活动开始了。高新开发区实景游览、外八庙、避暑山庄、坝上行，这一系列活动，是笔会为与会者提供的一个了解、感受承德的平台，并希望通过这些散文大家的笔端，把这座古老山城浑厚的历史背景、丰富的文化底蕴和飞速发展的现代建设新面貌，用另一种方式展现在世人面前。

迁徙的红柳

采风车在导游声情并茂的解说下，驰向正在建设的开发区。

环绕在四周的鸡公山、棒槌山、双塔山等景点依次从车窗外闪过，承德的神话传说、发展和前进的履历，在导游的嘴里徐徐道来，如数家珍，我听得如痴如醉，心绪起伏不定。我，一个来自异乡的女子，不知是在今生还是在前世，和这方土地结下了情缘，魂牵梦萦，深深痴迷，不可自拔。不，确切地说，我是被这方土地上的人们所感动、所吸引，这才有了难以割舍的紫塞情结。

在行驶的大巴上，我时而沉浸于窗外的景色，时而在心底感叹自己与承德的缘分，不由得眼睛潮湿，嗓子眼发紧。坐在身边的一蹄弟，看见我的神情变化，不停地询问，生怕我因环境和气候的变化而引起身体不适，拳拳之心，令人动容。

当一系列采风活动行进到避暑山庄和外八庙时，因为身体原因，我已经无法再坚持攀上普陀宗乘之庙那高高的山坡，只能从侧门来到景点外，遥望着高高在上的庙宇……

因公务离开的蹄子，一直通过电话关注着，得知这一情形，立即打车赶来。当他拿出为我准备的第二天上坝需要的衣服和两个热气腾腾的煮玉米时，我竟无语凝噎……

行文到此，我的耳畔又响起了他那一声声"姐姐"的呼唤，那么亲切那么自然，犹如同胞一般。而他不过是我在热河"跳跃的鹿"邂逅的一个诗友，同版共事，因为诗歌，我们相互扶持走到现在。他勤奋创作，把一腔真情献给诗歌。这次的相见，他为我付出的关心和关怀，是文君三生也修不来的福分。

突然想起1990年在普宁寺和天津诗人白兰的结缘，再看看今天，在普陀宗乘之庙外，蹄子为我送来御寒的服装，喜爱的零食。我惊讶于这一份佛缘。难道，冥冥之中，真的是佛祖化身白兰、化身蹄子、化身成众多的亲人来到我身边，来关心我，照顾我吗？要不，为什么总是在我最虚弱，最无助的时候，他们便披着一身霞光出现在我身边，为我送来人间的真情，送来温暖，送来爱呢？

望着庄严肃穆的寺院，我的心深深地跪拜下去……

六、观戏

黄昏来临，走出颇具满族特色的"八大碗"，众人意犹未尽，席间的山珍美味似乎还没满足大伙的胃口，一行人兴冲冲登上采风车，直奔《鼎盛王朝·康熙大典》大型实景演出剧场——双滦区元宝山麓。那里，还有一道精神大餐等着我们。

大型实景剧《康熙大典》和大型室内剧《帝苑梦华》，是承德城市文化的又一张名片。如果说白天观光采风走过的上板城工业区是承德城市的经济命脉，那么，接下来观看的《康熙大典》《帝苑梦华》两台不同形式的大制作，应该是承德城市的灵魂所在。

这两场大规模大手笔的作品，不光是对承德深厚的文化底蕴的展示，更是对传统文化和历史的挖掘。它对前来旅游观光的中外游人，对前来参观学习的专家学者，都是一次心灵撞击和一场视觉盛宴。

《帝苑梦华》是集音乐、舞蹈、幻术、杂技、电影等多种现代艺术形式为一体的室内风情歌舞诗剧，通过对承德历史文脉的追忆与回望，诗意映现出承德的皇家文化、佛教文化、民俗文化、生态文化和多民族文化融汇发展的无穷魅力与迷人风采。整个剧格调轻松，舒缓，令人如沐春风。

《康熙大典》则是以承德独特的自然元素和人文元素为创作基础，汲取康乾盛世时期的历史脉络与皇家文化元素，在高科技声光电舞台效果下，真实展现康熙大帝从修建避暑山庄到确立华夏版图的宏大历史故事。

无论是《康熙大典》还是《帝苑梦华》，都将康熙大帝胸怀天下、群雄逐鹿、憧憬江南、兴致勃发的人文情怀，表现得淋漓尽致……

迁徙的红柳

天，完全黑了下来，四周一片寂静，我们坐在看台上焦急地张望等待，眼前除了三面环绕的山丘、树林，就是一偌大的场子。场子里不见一人，不着一道具，只是自然的草坪，小道、树木、杂草。正疑惑间，一声炮响，锣鼓轰鸣，灯光齐射。康熙大帝率领浩浩荡荡的八旗大军从舞台两侧呼啸而出，旌旗飘扬，烈马嘶鸣……

"木兰秋狝"开始了，一只神鹿飘然而出，跃上元宝山主峰。

"师傅，何为鹿？"

"天下，天下，天下。"

一幅幅惊心动魄、波澜壮阔的历史画卷栩栩如生地展现在眼前，时光仿佛一下就回到了两百多年前：康熙大帝向我们走来，少年天子英气勃发，逐鹿中原；盛年康熙雄视天下，一统中华；暮年康熙壮心不已，坐拥太平盛世。

"万里长城从来就没有挡住过一匹扑向中原的战马，一座寺庙却阻止了百万雄兵"。

承德，在康熙大帝一统江山的历史里，写下了辉煌的篇章。

剧情随着四季不停地变换，场景里飘起了纷纷扬扬的大雪，我不禁打了个寒战。这个在盛夏时节就是一方避暑胜地的山城，入秋后更是充满了凉意，导游曾一再提醒大伙儿带上外套，可匆忙里还是有几位作者没来得及回宾馆添衣，当蹄子在电话里得知此事后，又一次从市区打车赶往二十多公里外的双滦区，在诗友岑寂水流家借来多件外套。当他再次出现在剧场时，所有的朋友都为他的真情所感动。

剧场里，万马奔腾，气势恢宏。看台上，真情涌动，温暖弥漫。

这大好的人间，这美丽的承德，这相亲相爱的人们，就这样定格在我的心底，久久……

七、上坝

　　按会程安排，今儿个是上坝的日子。说起坝上，去过承德的人都知道，位于河北省东北部承德市的围场满族蒙古族自治县，曾是当年辽帝狩猎和清朝皇帝训练军队的狩猎场，也就是世人皆知的"木兰秋狝"的所在地，其地势包含有森林、草原、丘陵、湿地，景点比比皆是。凡是来承德观光旅游的人，无不以上坝为乐。这将是一次最近距离接近自然，接近异域风情的旅程。

　　清晨八点，旅行车准时向两百公里以外的围场出发，随车导游声情并茂地讲解沿途风光景色，传说典故，当看见大片大片的向日葵扬起金黄的头颅朝向太阳的方向时，我不禁为植物蕴藏着的思维与执着而感叹。我在想，它们的心里，一定有一个不老的信念吧，要不，为什么那么执着地朝着一个方向生长，直至开花，结果呢。

　　想到将要去的这块草原，它和我曾经生活过的草原应该没什么不同吧，可我却这样强烈地渴望走近它，亲近它，其中包含有什么深意吗？我笑了笑。

　　还记得2010年风电杯诗歌大赛，我曾写过一组《木兰，木兰》的组诗，虽没递交上去，但自己甚是喜欢，想起和薛梅对话，我说："前世，我一定是围场的女子，要不，今生为什么这样痴恋于草原和马背。"

　　这个从围场走出来的真性情女子，对我所有涉及草原的文字，总是给予肯定和赞赏，如果我们之间没有这种说不清道不明的牵系，我想，我们不会走进彼此的心里。不记得有过多少次，在我经历过的那个灰暗冬天里，电话、短信，无数的关切问候，一路陪伴我走来，直到春暖花开。

　　还有一蹄弟，在"跳跃的鹿"版面邂逅后，竟有着亲人一般的感

迁徙的红柳

觉，当知道他也是围场的人时，我竟怀疑他和我有着共同的血缘关系。要不，每每接到他的电话时，我总是开心地在电话这头稀里哗啦地大叫。想到自己的异想天开，我不禁哑然失笑。

现在想来，这次上围场，一是多年没有回到草原了，想去拾拣一份心情，更主要的是想回到梦里的故乡，去寻找塞罕坝，我梦里的爱人……

草原还是一样的草原，不一样的只是心情。骑在马背上，牵马人蛮横要价和师父被马踢伤，养马人凶悍的态度严重影响了我的心情，加上旅途一路颠簸、劳累，我病了。一身疼痛，冷热交加，以至晚饭都无法下咽，只好躺在宾馆的床上。而红楼宾馆的后院，一场别开生面的篝火晚会正在进行，中途想爬起来，却架不住一身颤抖，只好继续躺下……

次日，游览月亮湖、七星湖以及沿途景点，疼痛已经加剧，我知道自己时刻有晕倒的可能，就一直跟在高虹老师身旁，而这个时候，她仿佛是我最亲的人一般，在她身边，我似乎才能够感觉到安全。好在一路没出意外，临到围场我才告诉她我的身体状况，以至接下来，让她一直处在担忧中。随后，大伙儿到了围场县午餐，随车小护士陪我前往药店买来对症药品，这才有所好转……

八、洗尘

站在彩虹桥头，望着驰向高新区的旅游车，我叹了口气。

笔会将在晚宴之后结束。外地作者已相继离开，我不想在晚宴后给组委会增添安排住宿的难题，就任由蹄子电话四处联系旅店，并提前下了车。可在承德这个旅游旺季里，联系的结果可想而知。想起风哥说朗爷的公司常年备有床铺，可借住几日，也就不再着急。

随蹄子抵达"塞外酒家"，朗爷为我准备的洗尘酒席已经摆好。环顾四周，古色古香的装修风格令人身心愉悦，身着唐装的服务员总是面带微笑，莺语流转，让人如沐春风。如果说几天前在"四海国际酒店"感受到的是华丽和富贵，那在这"塞外酒家"感受到的便是一种典雅和温情。由此，几日来的劳累和病痛不适缓解了许多。

这郎爷很有情调，多次说到昭君出塞，看来，安排在"塞外酒家"为文君洗尘，已是用心之作了。随着陆续到来的客人，我惊讶地发现，不光之前小山为我接风时应邀而来的一帮朋友都已到来，更多了几位尊贵的客人，作协主席田林老师，市歌舞团副团长李老师，山庄管理处的泉哥，"江南布衣"的少东家等。

在酒家悠扬舒缓的音乐声里，服务员款款而入，布菜、斟酒，大伙儿举杯共饮，气氛随即热烈起来。

蹄子一会儿不见了影子，当他重新回到酒桌，一盘烤玉米被端到桌上，我不记得在什么地方说过，2009年承德行最难忘的美食是山庄门口的烤玉米，这蹄子还就放在心上了。这不，一盘烤玉米，在这满桌的山珍海味里，竟是如此和谐而倍受宠爱。

酒正酣，情正浓。歌舞团著名的歌唱家李老师站了起来，一曲《情深义重》献给天下的母亲，引得众人泪光闪烁。随即，李老师手执酒杯来到我身边，蒙汉双语的《祝酒歌》将整个宴会唱向了高潮，我含着泪水，仰头喝下了这一杯杯祝福，全然忘记了自己身体的不适和自己的不胜酒力。

喝吧，人生难得有几次如此的真情交融，喝吧，今宵别后，再相遇已不知是何时。人说五百次回眸换得今生的一次擦肩，而我们如此相拥而歌，举杯祝福，需要多少次的回首啊？

当田林老师拉着我的手一遍遍叮咛：搞文学创作的人，一定要有过硬的作品，要谦虚，多和身边和本地圈子的人交流接触，这才能够得到提高。我为田林老师的教诲和平易近人而感动。我一个山野女子，能够有今天，有这些真性情朋友的倾情接待，何德何能啊，我已找不到任何可以表达此时心情的文字了。

　　不知道喝了多少酒，也不知怎么惊动的小山，由他安排去了"税兴宾馆"。我和衣躺在床上，对蹄子说："蹄子，你先别走，陪我说会儿话。"酒意里，我也不知道说了些什么，只知道，蹄子为我倒来开水，督促我吃下了药，随后悄然离去……

九、访友

　　一觉睡到自然醒。

　　拿过手机一看才六点，想起临睡前短信和"娘子"淡淡的云说：明天上午我得补瞌睡。可今儿个却早早醒来，怕是昨晚酒喝多了的缘故。好不容易熬到八点左右，电话给风哥询问悠然的家。

　　悠然是论坛里一个相当活跃的会员，与夫君独狼在论坛里夫唱妇随，很有人缘。我这次来承德，事先也没告诉她，知道暑假里她忙着开暑假绘画班，四十来个学生，轮流去学习，时间自然紧张。所以来之前就想好了，一定抽时间去看看她。一看今儿有空儿，就想约风哥前往。

　　十来分钟后，风哥已到宾馆楼下。下楼与风哥一起穿过菜市场，找了一家小食店，连续几天的小米粥、鸡蛋、牛奶让我挺怀念大米稀饭的。主动要了稀饭咸菜，吃的还真是香甜。看来，我就这萝卜咸菜的命。

　　出得门来，继续在菜市场穿行。清晨的微风吹拂起我单薄的旗袍，有丝丝凉意，我抱紧双臂跟在风哥后面，傻傻地询问摆在地摊上的各种蔬菜。我很奇怪，同样的蔬菜，在北方它咋就长得变了形，我这终日在灶台边转的家庭主妇，竟然也有不认识它们的时候，自是觉得好笑。看来"南橘北枳"形容得真不假，不同的水土养育的不仅仅是不同的人……

　　小巷两边是随地摆放的菜摊，买菜的人和推着架子车、自行车的菜贩都挤在小巷里，满地菜屑和垃圾。感觉市场管理比较混乱，比起我居住的城市，卫生条件相对来说就差了许多。那些买卖人，大都皮肤黑黝，着装朴素，大概是附近的菜农，想必菜价也便宜许多吧，我不买，自然没敢去询问.

沿河一路行来，不时有人与风哥打招呼、问早安，这风哥在热河街人缘真好，看得我很是羡慕，风哥不时给我讲解沿途的变迁以及他的童年、少年。这人啊，看来到一定的年龄，最难忘的还是那些充满童趣的岁月。

行至一挂满服装百货的小摊位前，风哥径直走向狭窄的室内，并高声对里面叫道："悠然，你看谁来看你了。"

在这个不足十平方米，摆满百货，挂满各色绘画作品的小屋里，随着叫声转过几张面孔来。我一眼就认出了悠然，一个身高一米五几的女子，娇好的面容上，一双大眼睛明亮清澈，我们激动地拥抱在了一起……

当我再一次环视眼前的环境，不得不为这个坚强的女子生出万分敬意，说真的，我无法想象悠然是怎样在这简陋而艰苦的条件下，养家糊口、抚养孩子，并且开画馆、传画艺的。我更无法想象那些小至四岁，大至五十来岁的学生是被什么力量所吸引，不停地往返在这间既是小摊，又是居家、画室的小屋的。因为这里的温馨，竟有孩子整个假期都留住在此……

悠然叫醒深夜从坝上返回仍在酣睡的独狼后，我们品尝到了独狼精湛的茶艺。当我把上好的铁观音品成普洱茶时，引得哄堂大笑。记得台湾学者刘汉介先生说过："所谓茶道是指品茗的方法与意境。"而我这个平时只喝惯纯净水的人，对茶道、茶艺、茶之三昧自然知之甚少，也就难怪在这品茗诗话的优雅气氛里闹出笑话了。

聊得兴起，就拽了风哥在悠然的画桌上画起了小和尚。画毕，风哥又画了一幅紫葡萄，那颗粒饱满、色差鲜亮的一串串葡萄呈现眼前，真是令人垂涎欲滴。眼看就要画完，他竟一把给揉了，说是不满意。这下我可不干了，缠着他继续画，犟不过我，只好又画了一幅秋菊，并附上我的诗句："一朵菊黄，黄过满天的夕阳。"

画罢发现没带印章，风哥戏言给我画个朱记，我不依。好在他家就在楼上，一行人上得他家，盖章戳印，自是不在话下。

风哥的家，全是瓶瓶罐罐的，这个明清的，那个唐宋的，包括桌子板凳，都是古玩。可在我这外行人的眼中，怎么也比不上小和尚和秋菊。——因为喜欢，于我，就是宝贝。

中午，一行人在附近的清真饭馆里，又是一顿豪饮。之后，揣上悠然为我准备的扇子，以及她和她儿子的墨宝，如获至宝一般回到宾馆。

十、离宫

避暑山庄又叫离宫，是昔日清朝皇帝避暑狩猎的行宫，有小紫禁城之称，加上周边那些肃穆森严的皇家寺院，在封建的等级制度下，将宫廷与民间一分为二。以至生活在皇城根下的布衣，一墙相隔，却是几世都难有一次进宫的机会。而这康熙大帝，不修长城修寺庙，不去征战去狩猎，生生把个热河坐成了民族统一的圣地，当其甘露撒遍九州，四海臣服在其脚下，这离宫也就高高耸立在了民间之上。因此，想以一个草根的身份在非正式游览时间入宫，那将是人生中多大的一次恩遇啊。

山庄夜饮是风哥与郎爷刻意安排的。当我接到进宫的"口谕"时，蹄子着了急，他不停地电话联系各路朋友，询问有无带人进宫的可能。按规定，本地人持有年票，随时都可进宫，但到了晚上八点，整个园子就得清场。因此，别说我没年票，就算有票进到宫里，到时间了也必须离开。

一想到我将在没有门票，而且是在禁严的时间里进宫会友，不由得兴奋起来。

看蹄子几个电话没着落，再看他的神态似乎准备自己掏腰包买票，就趁他去大厅办事，立马给小山电话："小山，朗爷和风哥在宫里等我，我进不去，怎么办啊？"

"别急，我来带你进宫。"小山很绅士地回答着。语调里有种超然的自信。

当蹄子再次回到房间告诉我小山将与我们一起进宫时，我捂嘴笑了。

来到万树园，被告之必须回到正门才能买票，我才恍然大悟，原来小山也是通过正规渠道，买票把我带进去，不免有些失望。

其实，我就想有那么一次冒险的过程，和钱无关。

从丽正门进到了山庄，缓步朝园子深处走去，一边观察四周，一边等候从城关门进来的小山和蹄子。

前两次进园子都是招待票，自然走的是旁边的城关门。而今，从丽正门走来，竟被眼前宽敞的大道、石狮、拱桥、台阶等场景所震撼，想起昔日皇帝幸临园子，众多的随从侍卫前呼后拥，车马鸾轿，那是多么浩荡威仪的场面。

突然想起妹夫一家的满族血统和家族逃离宫廷的离奇传说，想着脚下的土地曾有过他们的脚印，不禁茫然起来。

正想得出神，一曲悠扬的箫声随风飘来。四下张望，这才发现不远处的湖边，垂柳掩映下，一素衣女子，正持箫清吹。微风吹拂起她那宽松的真丝衣衫，衣袂飘飘，好似仙女一般……

"走吧，我带你们沿湖边走一程。"小山的话把我从幻觉里惊醒。

时已黄昏，园子里游人更少了，少许散步、锻炼的人不急不慢地穿行在亭台楼阁、花草树木间。置身在如此清幽的地方，浮躁的尘世似乎已挡在了宫墙之外，而宫内曾有过的尔虞我诈、血腥争斗，也变成了一缕尘烟。看着这些悠闲逍遥的人们，我不禁心生羡慕。

有树枝不时拂过我的面颊。这些百年古树，摇曳的枝条，当年是不是也一样抚摩过行走在湖畔的公主、格格、丫鬟、侍女呢？当她们穿着独木高跟鞋穿行而过，那风姿卓绝的样子，是不是也让这些花草树木暗生过难解的情愫呢？一时间，我被自己的想象给迷惑住了，竟想变成树妖花精，留驻于此，直至永远……

永远有多远，我并不知晓，我只知道，当朗爷知道我们已循着酒香而来时，也顺着湖堤迎了上来。看他发福的身躯行走在蜿蜒崎岖的小路上，一种温暖弥漫了我的整个身心。随着一声铃响，我拿起手机一看，竟是朗爷在来时路上编写的短信："莫道巴蜀美，山庄更宜人。菜肴只一二，薄酒斟满樽。礼轻情意重，众友送文君。金莲映日处，觥筹尽温馨。"

坐在龙座上，看着眼前这些旧时的建筑、古典雅致的设置，看着这园中之院，以及那些隐入夜幕的荷塘、蛙鸣。我仿佛真的回到了两百多年前，随一帮性情朋友品茗赏月、诗话人生……

当泉哥摆上满桌菜肴，端上大盆的手抓肉，斟满浓烈的美酒，我那深植骨髓的草原激情再度被燃烧起来，待得迟来的薛梅进到屋来时，我已有了三分醉意。

被酒精燃烧起来的还有这些北方汉子，个个都是一顶一的爷们儿，我的眼里满是仰慕、满是欣赏。当然，还有我的妹子薛梅，我那身有木兰血统的妹子，酒精已经烧红了她的脸颊，她不时地和泉哥、小山、蹄子举起酒杯，木兰女子的豪爽尽显杯中。

朗爷和风哥朗诵起即席而作的诗句："山庄万处黑，独有一点明"，"今宵送别酒，明朝丽人行"。"山庄夜色星满天，金莲映日酒正酣，情深意笃道不尽，众送文君把家还"。

鼓掌声，叫好声，还有敬酒声此起彼落，山庄的夜晚沸腾了……

2011.8.24——9.10

西羌之旅

　　羌，作为一个古老的民族，据有关甲骨文记载，可追溯到殷商时代。东羌及其大部分羌文化历经数千年的传承与演变，与各民族文化相互渗透、交融，遍布世界与中华大地。作为羌民族后裔留传下来的西羌，到今天却只剩下三十多万人，分布在四川绵阳地区的北川、青川，四川阿坝藏羌自治州的汶川、理县、茂县、松潘和山西凤城以及甘肃靖县等地。

　　一场史无前例的"5·12"大地震，羌民族又一次经历了灭顶之灾，近五分之一的羌人遇难。老天要灭羌啊，羌人身陷绝境，深陷于一种悲苦的境地。纵观历史，在这块土地上，曾经历过七次类似"5·12"的地震，还有无数的战乱、纷争，难怪古时庞大的种族，会濒临灭绝，这是要置羌人于死地而后生吗？

　　就在这场灾难之后，国人的眼光注视过来，世界的眼光注视过来，所有热爱羌民族、热爱羌民族文化的眼光注视过来，无论是物质上还是精神上，都给了羌人无尽的支持和援助。而身在这块土地上的羌民族的后裔，更是义不容辞地走进了抢救和保护濒临失传的羌民族文化的行列。西羌风尚文化传媒有限公司，就是这群民族文化抢救与传承者中突起的异军。

2011年9月25日，由四川西羌风尚文化传播有限公司承办，四川中国西部研究与发展促进会羌学研究院、阿坝藏族羌族自治州旅游局、绵阳市旅游局协办的"2012年世界旅游小姐中国四川羌族金花赛"的活动拉开了帷幕。作为主办方邀请的嘉宾及工作人员，我有幸随此次活动走进羌寨，亲身经历拨开岁月尘埃，揭开羌民族文化神秘面纱的行列，去体会那种积淀千年而成的厚重与神秘。

西羌风尚文化传媒有限公司董事长邓胜明先生，在国际旅游小姐亚洲赛区组织的特别授权下，确立了国际旅游小姐中国四川赛区羌族金花选拔赛的项目。而后，在四川中国西部研究与发展促进会羌学研究院院长张善云先生的策划下，取得国际旅游小姐亚洲总部的全力支持。四川赛区羌族金花赛事启动、历届世界旅游小姐羌区巡游和全国各地企业慈善家"爱·天使"公益活动一并举行，一场声势浩大的活动在四川西部羌区展开。

国际旅游小姐赛事，是全球瞩目、备受关注的选美活动，自2004年落户中国后，已连续举办了八届，被誉为"一部撼人心魄、大气磅礴的时尚史诗"。而作为羌族金花选拔活动，不光是单纯的选美活动，更是一场展示羌族妇女形象美、内在美、气质美、生态美和健康美的活动。羌族独特的饮食文化、服饰文化、建筑文化、歌舞文化、释比文化，是世界独一无二的瑰宝，抢救、传承、发扬、光大，是每个羌人不可推卸的责任，更是羌族金花身负的使命，她们作为民族的代言人，不光要将自己家乡的山川风光、人文地理推介出去，更要把民族文化展示出去。

一、走进"西羌风尚"

2011年9月10日，接到张善云老师电话时，我正着手操办女儿婚事，一看时间刚好错过，就欣然答应前往参加金花选拔赛的商讨会。

在风光秀美的双流棠湖公园里，有幸结识了羌族的各级顶尖人物。身为世界自然保护联盟组委会委员的张善云老师，名声誉满世界各地，脚步遍布五大洲、四大洋。作为羌文化研究泰斗的他，著作与其等身，抢救、挖掘出诸多濒临失传的羌文化及理论，经过其数十载调研挖掘、整理、编辑出版的《凤州羌歌三百首》汉羌双语一书，不光填补了羌族无文字的空白，改变了羌民族没有文字没有乐理的误传，更证实了羌文字古老的历史地位。

在选拔羌族金花上，张老有着长远的考虑，因此，他召集了一批热爱羌文化，在各领域里都已取得一定成绩的羌族后裔，准备就选拔羌族金花这个赛事，群策群力，将羌族独特的文化传播出去，广诏天下。因此，当羌族企业家邓胜明先生引进文化传媒赛事这个项目，首先就得到了羌民族专家张老的肯定与支持。

会集在张老麾下的，有释比文化研讨者、羌绣研究继承者、羌族音乐发掘整理者以及羌族作家和媒体资深管理等，大家集思广益，大有不把羌民族、羌文化、羌区景区景点借羌族金花传播出去绝不罢休的架势，身在这个群体中，我真切感受到了什么叫民族的凝聚力，什么叫民族文化的厚重，什么叫众志成城。

随着赛事的启动和新闻发布会的开始，主办方西羌风尚传媒有限公司投入到紧张的筹备策划工作中。作为曾投身过建筑、餐饮、农牧业的企业，一个华丽的转身，走进了文化这个行列，其冒险程度大过任何一次转变，而邓胜明先生以一种独特的敏锐视觉，看中了这块在中国尚不普及的市场里的商机，并大胆引进、大胆开发、大胆尝试，其勇气和自

迁徙的红柳

信已经赢得了众多的支持与肯定。

在尚不完全规范的管理班子里，一场挑战来临，张老坐镇指挥，围绕在其身边的各领域的人脉资源开始启动，各地政府积极参与，民间社团大力支持，一场声势浩大、规模恢宏的赛事徐徐地拉开了序幕。

二、新闻发布会

9月25日，作为四川中国西部研究与发展促进会羌学研究院院长兼西羌风尚传媒有限公司总策划的张善云老师，率领羌学研究院的叶星光、周兴琦、余华君、文君、岳登安、周兴德等一干人马，在双流棠湖公园与西羌风尚传媒有限公司的员工会集，在张老的主持安排下，紧张的接待工作进入倒计时。

由于西羌风尚传媒有限公司第一次承接如此大的文化活动，员工一直处于亢奋和忙碌中。作为总策划的张老，在安排完活动程序之后，赶往汶川参加一部关于羌民族题材的电视论证和开幕式。当"爱·天使"国际旅游小姐情系羌区公益之旅的总导演、中国赛区主席杨旭导演抵达双流会场后，将主办方人员重新进行了安排和调动，一时间，后勤陷入更加的忙碌。

9月26日，经过紧张的准备工作后，来自全国各地的二十余名历届冠、亚军小姐，姗姗降临在双流国际机场，亚洲赛区的执行主席张丰先生与全国各地的企业慈善家及嘉宾、媒体记者等也相继抵达成都。张老特别邀请的四川中国西部研究与发展促进会羌学研究院的三位领导也按时抵达会场。

此次活动包括了国际旅游小姐羌区公益巡游之旅，全国各界企业家及慈善家对灾区贫困学子一对一的捐助，以及国际旅游小姐2012年中国赛区在四川阿坝藏羌自治州茂县的启动仪式。因此，此次羌区公益巡游之旅，得到了全国几十家媒体的大力支持并随队跟踪拍摄报道。近二百人的庞大巡游队伍，其声势、影响力与穿透力都是空前的。

身着红色旗袍的四川双流艺体中学音乐专业系的二十四名学生，作为主办方接待的礼仪小姐，在接待大厅、新闻发布会会场，或款款迎接来宾，或亭亭玉立两侧，成为此次新闻发布会上一道靓丽的风景。

下午三点时分，成都双流"家园国际"酒店二楼的会议大厅里，在数十家媒体的关注下，剪彩仪式开始。

四川电视台早间新闻的节目主持人走上主席台，宣读整个活动的行程安排。匆忙从汶川论证会赶回来的张善云老师，以及亚洲赛区主席张丰先生，四川赛区主席、西羌风尚传媒有限公司董事长邓胜明先生相继发表讲话，强调国际旅游小姐赛事的重要性和由此带来的重大影响，阐述选拔羌族金花的宗旨和"爱·天使"公益之旅的意义，台下响起了经久不息的掌声。

随着剪刀的闭合，红绸花落下，新闻发布会顺利结束。大队人马向巡游的第一站——绵阳川音学院进发。

三、川音公益捐助

"爱·天使"羌区公益之旅是这次活动的一部分。之所以将爱心捐助的第一站设在绵阳川音学院，是因为羌民族后裔们大部分居住在高山峡谷里，受环境所限，无论如何勤劳，也无法改变贫穷的局面。据西羌风尚传媒有限公司董事长邓胜明先生讲：海拔近四千米的寨子，只生长苞谷和土豆，上下一次需要四至五个小时，一背篼土豆二百来斤，以五比一的比例换回大米白面和日常所需，许多聪慧的羌家儿女皆因无法交纳学费而失去学习的机会。而绵阳川音学院里，寄托着羌民族许多的未来和希望。

邓胜明先生还说到一件往事：在他十四岁那年，母亲因为重病被送往县城急救，欠下四万多元巨款，当时家里还有一个不满十岁，学习同样优秀的弟弟在读书，望着父亲愁苦的面容，小小年纪的他毅然决定离开学校，担负起这个家的重任。于是，他租借来一辆人力三轮，起早摸黑地奔走在县城的大街小巷，生意好时一天能有二十多元收入，生意不好时，脚板跑起了泡也拉不上一个人。就这样，他将钱一分一厘积攒起来，交回家偿还借款，并且每周给弟弟送去生活费，而自己，却常常蜷缩在三轮车上，一口冷茶一口馒头，熬过那个寒冷的冬天。

　　一晃已近二十年了，弟弟已经大学毕业，作为自己的左右手站在身边，可读书的梦想还留存在自己心里。也正因为身为羌族后裔的他知道居住在高山上的民族贫困的生活，在引进这个赛事之后，将"爱·天使"羌区公益活动的重点放在了绵阳，他希望更多的羌家儿女能够坚持完学业，走上发扬光大羌民族文化事业的道路。

　　世界旅游小姐亚洲赛区、中国赛区的领导为此做了周密详细的计划。捐助的二十五个学子，不光在大学期间每年可以获得六千八百元的学费，每年假期还可以被邀请到捐助者的家里作客，开眼界长见识，或者安排课外补习。毕业后，还可进捐助者的企业工作，如果有别的意向，捐助者还将为其提供方便和推荐，直至达到自己的理想。

　　26日夜，当巡游的大队人马抵达绵阳，等候多时的绵阳各级领导和川音学院的学子们，身着民族服装早已迎候在学院门口。当与会嘉宾和佳丽们、各新闻媒体的朋友们进驻会场后，一场充满青春活力的歌舞晚会随着熊熊燃烧的篝火拉开了帷幕。当二十个贫困学子走上主席台，爱心捐助的各企业老总和民间慈善家们，拉着学子的手，送上善款，送上最真挚的祝福和爱。台上台下，一片欢腾，在场的每个人都陷入了感动。

四、北川祭奠英灵

　　9月27日清晨，天空下起了细雨，车队开始向北川进发。

181

北川，这个小县城，是用世间最悲痛的形式走进世人眼中的，一日之间令全世界家喻户晓——地震、泥石流、堰塞湖几重灾难摧毁的家园，上万的英灵魂归的土地。就在这个细雨如泣的深秋，历届国际旅游小姐的佳丽与嘉宾们，怀着无比沉痛的心情走进了北川老县城，凭吊"5·12"遇难的英灵。

经过无数道关卡，车队停泊在停车场，所有人马步行进入残破的县城。

泥石流掩埋了大半的残垣破墙，在淤积的堰塞湖水里摇摇欲坠，冷风一阵阵拂过，死亡的气息依旧笼罩着整个县城。行走在其间的凭吊者，沉重而悲伤，神情凝重。

我走在邓胜明先生的身边，明显注意到他那泛红的眼眸和悲恸的表情。不知道此时他在想什么，我只知道，当地震到来的那一刻，他就住在这个县城的一间小商铺里，山摇地动时，他和别的幸存者一样，冲出房屋，趴在街道中间的大路上。所幸的是，在他趴下的大路对面的那栋高楼，不是倒塌而是坐毁，这才让他能够在毁灭性的灾难里幸存下来。

主震之后，他起身在依旧颠簸不堪的大地上奔跑起来，他要跑回去寻找还在坐月子的妻子和才出生二十天的女儿。可出现在眼前的却是一片废墟。家呢？家已经不存在了，妻子和女儿被掩埋在一片废墟之下。对，还有母亲，母亲每天这个时候都在菜市场啊，他疯了一样冲过去，当他终于找到被惊吓得快要失常的母亲时，紧紧抱着母亲泣不成声。之后，与父亲会合，开始营救被埋在废墟里的妻子和女儿，拨拉瓦砾石块的双手已经满是鲜血，可亲人的生死牵系着他的心啊，整整八个小时，在营救人员的帮助下，妻子和女儿终于获救。

这样的经历，在每个北川人的心里，都是一道无法遣散的阴影，行走在老县城，无论怎样坚强的人，都不免流下悲伤的眼泪。同样身为"5·12"幸存者的我，望着奔走在人群里的邓先生，望着周遭陌生又熟悉的一切，心开始痛起来，逝者如斯也，而活下来的人，要用多大的毅力才能够走出阴影，回复到正常的生活里啊，这人世间最无法破解的迷惑，莫过于死亡。

当所有的佳丽和随行人员，在北川中学遗址，在万人坑旁献上菊花和深深的鞠躬时，飘散在空中的哀乐似乎也带着所有的灵魂在我们头顶飘来飘去，说不出的沉重，说不出的悲伤，而我们唯有带着这份悲伤的情感，对那些去了的人致以深切的哀悼，对留存下来的人致以最真切的祝福。

坚强，北川！

北川，坚强！

五、古羌桃坪山寨

离开北川，我们一行按原路返回成都，途经都江堰，绕行进入阿坝藏羌自治州的理县桃坪羌寨。地震前与茂县一河相隔的北川，只需两个小时就可以直接进入茂县和理县，而现在，摧毁了的道路和桥梁已无法修复，我们只好绕行前往，整整四个小时后才抵达桃坪。

天已经完全黑了下来，因为电网改造，四处一片漆黑。车停在路边等候掉队的车辆。我们来到燃着蜡烛的小摊位前，模糊的视线下，摊位上摆满苹果、梨子、核桃以及山货特产，一串串红艳艳的七星椒招摇地挂在摊位架上，看见的人无不想带上一串回家。我随口问了问价，守摊的羌胞却取出一个大大的红苹果递到我的手上："你尝尝，冰糖脆心红富士苹果，甜着呢。"我不好意思地拿在手里，一转身，看见他又拿了一个苹果递给我身边的余老师。

这就是桃坪羌寨的老乡，在我们还没有走进寨子的时候，就已经遭遇了一次淳朴民风的洗礼。

具有两千多年历史的桃坪古羌寨，在经历了无数次灾难以后依然耸立在苍松翠柏的掩映下，依靠山势修筑的碉楼似乎正在无声地呐喊，又像是在默默地叙述着这支古老民族悲怆的历史。

随行的周兴琦老师，就是从这个山寨走出去的羌家儿女。据他介绍，历时千年的碉楼，作为羌族建筑史上的典范留存至今，已不知道迎接过多少次大自然无情的考验，"5·12"地震之时，老村长号召整个寨子里的羌民，收集起所有能够遮风避雨的器具，覆盖保护那些被摇损的建筑，终使得老寨子渡过了被摧毁的可能。在地震过去三年后的今天，在政府和援建城市的帮助下，老寨作为不可复制的文化遗产将被永久保存。一座毗邻而建的新寨落成只等开寨仪式——敬天敬地敬诸神后，就将入住。

天依然下着小雨，在身着彩色羌绣服装的美女引导下，我们来到新寨的表演厅，欣赏由村民自己编排表演的羌族歌舞。吃着烤全羊肉，喝着青稞咂酒，看老释比神秘的表演，大家仿佛已经完全化身为这个民族，和他们一起感受着这独特的文化和喜怒哀乐。性情所至，嘉宾们走上了舞台，和村民们一起跳起了莎朗。此情此景，真是应了此行的标语："美丽与爱心同在，莎朗与时尚共舞。"

夜已深，整个山寨陷入一片迷离的夜色中。按原计划，我们近二百人的巡游团队化整为零，以佳丽、嘉宾、媒体为小单元，分散到羌寨的各住户人家住宿。在微弱的手电灯光下，我随媒体的一帮朋友跟在女主人后面，穿过无数的小巷，七弯八拐地走进了一家羌楼。在古老建筑的内部，洁白的床铺、电视、淋浴设备一应俱全，而院子里熟透了的马奶子葡萄还没来得及采摘，同行的人好奇地问是什么品种，主人却说："喜欢吃就自己摘来吃吧。"

葡萄入口，一种不可言喻的馨香甜蜜弥漫开来。

是夜，我在梦里追溯着一支古老的的羌人部落，从岷江逆流而上，踏上云端，汇入"云朵上的民族"，山歌起处，羌笛悠扬……

六、坪头圣鼓敲起来

几日来观赏的羌族歌舞里,有一道节目总是令我情绪激昂,无法自抑,那就是羌山圣鼓。当一群群尔玛汉子身着皮褂,脚穿云云鞋,手拿羊皮鼓,欢快地跳进舞场,那英武的身姿,欢快的节奏,以及那极具震撼力的鼓声回响在整个舞厅,我就有了如痴如醉的感觉。

相传这羊皮鼓是羌民族精神领袖释比的法器,传说羌族在向岷江上游徙迁的时候,羌族巫师劳累过度,昏昏入睡,经书掉落在地上被羊吞吃,后来羊托梦给羌人说:"我死后,可将皮做成鼓,敲三下,经书就会道出来。"从此,羊皮鼓成了羌族释比最神圣的法器。

随着时间的推移,这羊皮鼓不光出现在祭奠场合,在迎宾、在欢庆的时节,更显现出神秘的韵味。凡是来到羌山羌寨的人,无不被这鼓声震撼,震去身心的尘埃,回复原始、纯真、热烈而奔放的境地。

9月28日,"爱·天使"羌区公益之旅的大队人马来到茂县的坪头村,在坪头村的羌文化广场,我们再一次见识了圣鼓以及它的震撼力。

坪头村是"5·12"地震之后,第一个被打造成4A级的城乡统筹试点旅游村,这里还是羌族始祖文化——傩文化的发祥地。

当我们一行随导游沿着一条清澈的溪流,步入山寨,来到羌文化广场,展示在我们眼前的是羌族神秘的傩文化符号,以及面具组成的标识和图腾,在高耸的石砌碉楼旁边,青翠掩映的丛林里,直径超过一米的四面圣鼓镶嵌在一根廊柱的四周,不击自威,一种摄人心魂的气势扑面而来,我赶紧移开了双目。

环视四周,祭坛四周的树上、墙上、石头堡坎上满是面具、字符。廊柱上的面具和图腾更是表情各异,或嬉笑或怒目,色彩鲜艳而大胆。听导游说,寨子里,每出生一个生命,释比就会根据神的意思在寨子的石坎堡垒上绘上一组符号,有祝福的,有预示的,甚至还有神秘的咒语。

"呜……呜……呜……"有奇异的声音传入耳鼓，我定神聆听，却又没了声响，再看那些粘贴在树上的面具，似乎都在朝着我笑，有人拉了我一把，我赶紧转身，身后却空无一人，再看大队人马已经走出老远，心下骇然，快步跑出了那片神秘的林子。

众人会集在咂酒广场，硕大的咂酒坛和里面插着的三支吸杆很形象地表现出羌民族热情好客的性格，身着羌绣服装的佳丽们，在广场上与羌家姐妹手拉着手倾心交谈。

我和新闻部的几位老师走进不远处的一块菜地，有夫妻俩正在收摘核桃，打落一地的核桃已经熟透，主人热情地招呼我们品尝，皮薄心实，香甜的味道令我爱不释手，赶紧叫主人给称了几斤，一旁的同行者蜂拥而上，一树核桃即刻售完，走出老远，众人还在津津乐道。

我再一次回望掩映在丛林里的羌山圣鼓，望着广场上的这些尔玛人，望着核桃树下的夫妻，一种说不出的感觉涌上心头，这些勤劳善良，热情好客，浑身充满神秘韵味的羌族后裔，你们的真、你们的善、你们的美是不可复制的，是独无二的，知道吗？我是多么热爱你们。

七、神秘的白石寨

"爱·天使"羌区公益之旅不光把美和爱心带入羌区，还肩负着把羌区独特的民族文化、人文景色推向世界的使命。庞大的新闻媒体团队一路跟踪报道，新闻媒介、网络平台形成的轰炸效益，使得世人注视世界旅游小姐大赛的眼光都投向了羌区，而茂县县委、县人民政府高度重视这次活动的态度，使得此项活动在茂县境内达到了高潮。

在茂县常务副县长欧阳梅女士及宣传部部长的迎接下，县委、县人民政府精心选拔出二十名羌族美女陪伴着巡游团参观、游览了灾后重建起来的羌寨。从凤仪镇的坪头村出来，我们进入了凤仪镇甘青村的白石寨。

白石寨因白石得名，寨子里随处可见三块白石堆积而成的石堆。而每一栋重修的羌屋，在围栏立柱、屋顶都有白石镶嵌的图案。一个依山而建的山寨，似乎就是由巨大的白石雕刻而成的古堡，神的魔力，艺术的价值在山寨得到完美的展现。

这是一个曾经与世隔绝的世外桃源，掩映在崇山峻岭的怀抱中。据随团专家介绍，此地有史可查的地震就经历过七次。而灾难摧毁不了羌人的意志，在最短时间里重新修建起来的白石山寨，既保持了原始建筑的风貌，又融入了现代建筑的技巧，一个崭新的羌寨就在这大山深处，将世人迎来送往。

白石的传说很多，有说羌人在远古时候，为捍卫自己的领地，与入侵的部落酣战，得到神的帮助，以白石击退入侵者，而后，族人将白石奉为神灵。也有一说，昔日羌人茹毛饮血，得到神谕，天神赐火于白石之中，从此，火，带给了羌人以温暖、光明、智慧，白石也就成为神灵的化身。敬奉在河边就是水神，敬奉在山林就是山神，敬奉在屋顶就是天神。而羌民族是多神信奉者，他们相信和敬畏一切超越自然的神秘力量。

望着一堆堆白石，听羌族民风民俗专家讲说那些奇异的见闻和故事，我犹如置身于印第安人的那种神秘的氛围中。对，羌人给我的感觉就是东方的印第安人，因为，在这个地方，这个民族里，许多东西是无法用科学现象来解释的。比如随行的著名羌族作家叶星光老师就说到一件亲身经历的事情：当年他的妻子难产，县医院已经做好舍一保一的手术准备，可他那居住在山寨里的母亲正好赶来，强迫他们去面见释比，释比当场作法，赐一清水饮下，而后，妻子顺利产下一男婴。而今，这孩子已是而立之年，健康而聪慧。这其中的奥秘，谁又能够解释得清楚呢？

望着这些白石，望着那些鱼贯而入山寨的佳丽、来宾、媒体工作人员，我在想，一杯清水，几块白石就有着无法估量的魔力，那么，羌区金花选拔是不是也蕴含着另一种神秘的使命呢？神真的显灵了吗？一场地震带给羌人的是毁灭性的灾难，但是，它又借地震之灾，将羌人从濒临灭绝的境地解救出来，并借助世界旅游小姐羌族金花选拔的赛事，把整个羌民族团结起来，推向世界这个大舞台。

这，也许真的就是羌人一贯运用的："顺势而为，顺势而碉"的神秘魔力。

八、情牵阿师专

位于汶川县水磨镇的阿坝师范高等专科学校是我们此行的最后一站。

在这个阿坝藏羌自治州的最高学府里，会聚着一批羌民族优秀顶尖的人物，他们在抢救、整理、挖掘、传承羌文化这条道路上不懈地努力奋斗着，取得了不菲的成绩。

三百多万字的《羌族释比经典》《羌族莎朗文化研究》和《圣神与亲和——中国羌族释比文化调查研究》的出版，一系列羌学科研课题的成果，奠定了学校在羌文化保护与传承中的领先地位。

在这条道路上，校长马洪江教授，副校长陈兴龙教授成为这支队伍的领军人。在他们的身后，还有一大批羌族的后裔、热爱羌文化的研讨者、以及那些正走进学府的学子。据不完全统计，在阿坝师范高等专科学校，羌族籍的学者教授就有十三个，还有许多热爱羌文化，致力于羌学研究的学者，在这里形成了一个庞大的羌学研究基地。因此，国际旅游小姐"爱·天使"羌区公益巡游的最后一站、企业家们的爱心捐助也就选在了阿坝师专。

这是一个难得的艳阳日，载着历届世界旅游小姐和媒体嘉宾的大巴缓缓地停泊在学校门口，马校长率学校领导迎候在此。随着迎宾学子的引导，大队人马进入操场。露天操场上是耗资四十多万新搭建的舞台，"爱·天使"羌区公益之旅的巨幅广告牌做了舞台背景，大气而恢宏的舞台布置，展示出学校不俗的气势。而台下，学子们有条不紊地排列迎候来宾，令所有进入会场的人由衷地升起一种自豪感，是啊，这是我们自己的学校，这是我们藏羌儿女的家。

9月28日上午十时，在马校长的致辞后，捐赠活动开始了。在音乐舞蹈系学生表演的《水磨欢歌》里，代表藏羌最高礼仪的羌红哈达献给了这一群尊贵的客人。在悠扬的进行曲中，爱心捐助的企业家、慈善家们走上舞台，为十五个贫困学子送上了最真挚的祝福和爱心。当引进这场赛事的西羌风尚传媒有限公司的董事长邓胜明先生对着所有的学子说道："羌族金花就在你们中间，羌族金花就在阿坝师专！"台下响起了热烈的掌声，尖叫声、欢呼声不绝于耳……

相聚总是短暂的，送别午宴上，专家、学者们，佳丽、记者们，依依不舍。

亲爱的同学们，再见！

亲爱的老师们，再见！！

阿坝师专，再见！！！

后　记

2012年国际旅游小姐中国四川羌族金花赛刚刚拉开序幕，后期等待我们去发现，去挖掘的故事还很多，羌民族文化里神秘而古老的历史，正等待我们走进去。

金花们，来吧！让我们一起将羌文化发扬光大。

金花们，来吧！让我们把羌文化散布到世界的每个角落。

金花们，来吧！世界，是我们的！

2011.10.3

撒落篝火边的笑语

3月，青城繁花盛开，桃红李白，遍地油菜花金黄耀眼。远处的赵公山和青城山隐入一片朦胧雾色。岷江奔腾而来，汇集在玉垒山脚下，而后注入川西平原，把川西坝子浇灌得异常丰饶美丽。

盛世年间，五谷丰登，总是和水分不开的。川西坝子数千年被一堰江水浇灌，早已留下天府之国盛名。说来，这水真是功居首位。而我这里要说的，却是一群生活在水边的人，他们从相识，到三十年后相聚的一瞬。

话说这都江堰因伟大的水利工程而闻名遐迩。于是，川西坝子里，凡是与水利电力有关的培训、学习、研讨、以及疗养事宜，都会集在了都江堰，不时有散落在全省各地水利、电力系统的同学过来公差。这让我等陆续从高原回归内地居住的同学，时有与之相见的机会。

算来，当年从阿坝州前往绵阳水电校就读的十五名同学，经历了漫长的三十年光阴之后，大都临近退休。因为支边特殊的工作性质，这些把青春和智慧奉献给高原的人群，暮年时光，都将陆续回到内地颐养天年。

说到颐养天年，似乎有些夸张，虽说大都已近天命，可在内地工作却是正当年，而且大都在单位挺大梁，当领军人物。不过，在高原工作就不一样了，艰苦的环境，恶劣的气候，以致很多人未老先衰，被岁月消磨，留下一身病痛，于是，在国家特殊政策的关照下，大都早早回到内地。

这日，宋安全一个电话，将罗志刚、李碧霞、我以及居住在成都的黄铃召集在一起，说是遂宁的蒋志铜过来开会，抽空与大伙儿见面。饭桌上，说起三十年光阴流逝，不禁感叹万分，虽说隔三岔五总会有大小规模的聚会，可这三十年来，半个甲子过去，仍然有不少同学毕业之后还未曾相见过。而岁月无情，有人已先一步离开人世，要相见，只待来生了。说起英年早逝的陆宗鸿同学，大家不禁唏嘘。觉得更有必要相聚一叙了。

"由阿坝州的同学来召集，三十年聚会在都江堰举办吧"。一锤定音。

确定了聚会时间，避开防洪汛期，黄玲开始着手联系散落在各地的同学，宋安全与罗志刚、李碧霞则数次考察酒店、景区、休闲场地。当一切准备就绪，已近4月中旬。于是，所有的期待，便汇集在4月13日。都江堰中心镇花木城，"留福乡村酒店"里，一场别开生面的聚会就此拉开序幕。

当宋安全一个电话把我从床上呼起来时，他已经去工地处理了一大堆事情。接上我，与罗志刚汇合，我们去市场采购，而后赶往"留福乡村酒店"。这时，远在遂宁、蓬溪、盐亭、江油、绵阳等地的同学已陆续出发，远在阿坝州黑水县、阿坝县、若尔盖县的同学，已早一天抵达成都，这时也相继赶过来。

天气很争气，连续阴霾了好些日子的天空开始放晴，因为夜间下过小雨，地里不时有水雾升起，林中的楼阁、长亭时隐时现。正是樱花和海棠花开时节，那些被雨水打落的粉红花瓣点缀在碎石子小路、林间低矮的万年青和花圃的绿草地上，像极了一幅幅水墨画；清新的空气直入肺腑，有种芳香的味道；远处清澈的河水欢快流动，照得见蓝天白云，仿如世外桃源一般。

"留福乡村酒店"的老董事长亲手书写的同学会横幅、招牌和路标引人注目，一问，才知老少董事长都是丹青好手，一手墨宝颇见功底，为同学会增色不少。而这"留福乡村酒店"虽属意字面，却又是老董事长夫妇姓氏的谐音。这"留福"二字倒真没辜负二老的愿望，说是地震当时，泥石流袭击山庄，但主体建筑并没受损，很多曾经来过这里度假的客户，奔此避难，酒店为此免费提供了所有饮食住宿，这真是应了"留福"的属意，留住了幸福。

轻轨快铁直达青城山脚，老班长和绵阳的同学不多一会儿就抵达目的地，遂宁地区的同学也陆续到达。欢呼声里，彼此辨认昔日容颜，不得不感叹时光的无情。时光真是一个魔幻师，当年青涩的少年，如今已是风度翩翩，那些羞涩的少女，今日有的风姿卓绝，有的雍容富态，有的依旧活泼可爱，看得我是既羡慕又感叹。

全班四十二人，当年有三人退学，一人毕业后失去了联系，一人去年病逝，还有七位同学因事无法参加，汇集的三十名同学把"留福乡村酒店"的夜晚渲染得是异常热烈。

按计划，14日安排大伙儿前往汶川的映秀镇凭吊，而后前往水磨镇参观震后新建的羌镇，下午在都江堰参观市区灾后重建新貌。同学聚会，自然少不了一醉，加之前往映秀，山路崎岖，为了安全起见，组委会租了一辆大客车，三十名同学一车同进，沿途不光可以浏览山水景色，还可彼此交流聊天。

时间过得真快，距汶川大地震已是四年，说起当时的经历，大家都不再恐慌了，曾经被深埋在废墟，经历了生与死考验的罗志刚似乎已经很淡然。不再对那场灾难，那次刻骨的经历絮絮叨叨了，"有些东西，过去了就让它永远过去。"他如是说。这之后，没有谁再去拨动他的那份记忆，虽说很多同学在灾区经历了那场地震，但那样切身经历生死并不是每个人都有过的，不再提及，也许正是走出阴影的最好办法。

只是，当大伙儿再次站在废墟中心，站在映秀中学那些残垣断檐前，听身着羌民族服装的导游小姐讲解发生在"5·12"时的点点滴滴时，众人又一次陷入悲伤之中。我看见老班长双眼噙泪，默默买来一束黄菊，敬献在纪念碑前。环顾四周，透过如织的游人和喧躁的人声，我仿佛看见那位还掩埋在废墟下，怀有身孕的女教师以及她的两个学生，正飘忽在我们的头顶，巡视他们曾经生活、学习、工作的地方。他们是在川流不息的人群里辨认旧时相识，还是想透过飘忽的身影告诉我们，在天上看人间，又是另一番不同的情景。这，我们就不得而知了。

怀着沉重的心情离开了映秀，我们来到水磨镇。当旅行车停靠在巨大的水磨前时，岷江河岸依山修筑起的羌楼建筑，正散发着浓烈的民族气息迎接我们。据说这是耗资十亿打造的融古羌建筑与现代建筑为一体的羌民族风情古镇。2011年的世界旅游节就是在这里拉开的帷幕。阿坝藏羌自治州十三个县，各设自己的展厅，全力推介自己那一方土地上的历史、风俗、山光水色，让人目不暇接。十三个县城十三个村庄，犹如十三个兄弟。这让我想起那些远古的部落，既有自己独特的宗教信仰、语言文化，又有共同的生活环境，他们和谐地生活在同一个太阳、月亮下，相亲相爱，缔造出一幅幅多彩多姿的民族画卷，让人流连忘返。

因为是周末，游人接踵而至。当三五成群的同学汇入人流，我已分不清谁是我的同学，我又是谁的同学了。走在熙熙攘攘的人流里，我又一次感慨万分，是啊，当我们着为生命体来到这个世界，当我们从不同的地方会集到一起，谁又能说这不是宿命里的安排呢。当我们在这异乡小镇里，一同感受独特的民族文化，体验从没有过的情感交流时，我们真应该感谢三十年前的那一场同窗之谊。

驱车赶回"留福乡村酒店"午餐时，已是下午两点左右，大多数同学因为开会、学习来过都江堰，市区的景色已不陌生，也就三五组合，自行安排余下的时间。

组委会几个同学还在忙碌，这次聚会的重头戏——"三十年同学聚会篝火晚会"即将开始。

晚上七点整，当远山挡住最后一抹余晖，山庄陷入一片夜色，临河的"留福乡村酒店"篝火广场已燃起熊熊烈火。晚宴就设在广场，酒店的员工和留住人员一同会集在广场上。当酒店副总吴晓先生手持麦克风步入会场，他那充满磁性的嗓音随着河风在"留福乡村酒店"的夜空久久回旋。身着藏羌民族服装的员工翩翩步入会场，带领着同学们围着篝火开始旋转。好多同学来不及吃饭就跳进了舞场。用钟广萍同学的话说："有了音乐，饭都可以不用吃了。"

钟广萍是个热爱音乐的女生，有一副金属般清脆的嗓音，当年在学校，不知道迷倒过多少同学。以至于多年后，每每提起，大伙儿都还忍不住玩笑一番。其实，大伙儿都知道，当年的情谊和心动，不过是多年以后的美丽记忆和会心一笑。

随着音乐，善歌的同学轮流唱歌，余下的同学围着篝火跳起了欢快的锅庄。酒店服务员不时送来汤锅，送上烤全羊，啤酒白酒满场飞。借着酒劲儿，同学们疯狂地唱着跳着。当主持人吴晓先生用热情洋溢的话语激发起每一位同学狂欢的心情时，我也抛开了平时的顾忌，加入了狂欢的行列。我的顾忌是因为当年车祸遗留下的后遗症，一旦激动或者休息不好，头痛起来会让人死去活来的。即便如此，看见这样狂欢的场面，我也忍不住舞动起了双手……

一群来自内蒙古的游人寻音来到篝火会场，随即加入了歌舞的行列。主持人让人抬来一张乒乓桌。以黄铃、陈和平、老班长为首的活跃分子，立即跳上桌面狂欢起来，而篝火对面，几张条凳上，不时有人跳上去对应欢叫，歌声、笑声、欢呼声此起彼落，山庄的夜晚沸腾了……

这时，喜剧的一幕开始了，老班长抱着矗立在会场中央的钢管跳起

迁徙的红柳

了钢管舞，激情洋溢处，被人扒下衬衫，袒胸狂舞。开怀大笑之余，我眼前浮现出当年在课堂里，他赤裸上身，背着斗笠走进教室的样子，那桀骜不驯的神态仍历历在目。记得学校曾为此勒令取消他的班长职务，却慑于他在班里的威望，最终不了了之。

这个有着北方血统的汉子，曾为了爱情，毅然抛却辉煌的前程，来到爱人身边。谁知，爱人陷入一场官场经济纠纷案件，成了替罪羊，即便如此，他依然不弃不离，十多年如一日，抚养年幼的孩子，孝敬年迈的岳父母，等待爱人回来。而这一切，如果不是酒后聊天，任谁也无法知晓。

望着还在旋转舞动的老班长，我的眼睛开始湿润，我知道，三十年的岁月，每个人都经历了不同的人生，比如曹亮经历的车祸，事业上的风生水起；比如王曼，这个美丽女子成功的师生恋情后面，是爱人遭遇病魔纠缠的种种折磨，我一直无法想象她是怎样扛过那些辗转病榻前的日子的；还比如那些在婚姻里挣扎，在情感里纠结，在商场里打拼，在仕途上奋斗的同学。我无法知晓这三十年里他们所经历的一切，但我知道，无论是成功还是失败，无论是幸福还是痛苦，这个时候，所有的同学都抛开了世俗的烦恼，尽情狂欢在一起。望着他们，我已找不出任何语言来表达我此时的感受，我只能说：活着真好！

我更不敢相信，狂欢在舞场里的这些同学都已走进天命，却在这个夜晚表现出少有的激情和欢喜，他们的热情似乎还停留在二十岁。对，就是二十岁。由彭红的话说："同学们在一起，永远都是二十岁。"确实是这样，二十岁时我们相识，三十年后相聚，老去的只是容颜，而我们的心灵，却永远停留在二十岁……

夜更已深。篝火慢慢暗了下来，同学们围着余烬不愿离去。

夜风吹过，偶尔一两声犬吠在林中起落，远处的灯光一盏一盏熄灭。我打了一个寒战，有些冷了，头也开始疼痛起来，想到第二天还要结账，实在不能坚持了，我回到酒店躺下，不知余下的同学，闲聊到几点才散去。

　　歌里是这样唱的："相聚的日子是这样短暂"。眼看就要分别了，按计划我们结账离开了"留福乡村酒店"，前往崇州街子古镇。位于青城山脚下的街子古镇，已有千年历史，而逛古镇，爬凤栖山，又是另一番感受，在这里我就不絮叨了。

　　中午，大伙会集在早已预定好了的农家聚餐，而后分别起程返回。车还没开动，已有人开始询问下一轮的聚会，只是山高水长，这一别，又不知何时何地才能相聚了……

2012.4.22

迁徙的红柳

同窗六月行

　　老班长逯远宏调往新北川已有数月。前段时间黄铃就在张罗大伙儿前往，总是锣齐鼓不齐，拖延至今。这个周日，正值老班长生日，于是，决定前往。游览、庆贺两不误。

　　当李碧霞终于抽出时间，在我家门口接上会聚而来的宋安全和罗志刚时，天正下着淅淅沥沥的小雨。行进中，得知黄铃和华继明从成都出发，已经抵达绵阳，与当地同学会合。

　　李碧霞看来很怵长途驾驶，一上高速路就让位给了宋安全。呵呵，这位仁兄姓宋名安全，看来是专门送安全而来，在心理上就已经给了哥姐几个莫大的安慰。

　　一路上很是兴奋，相互诉说彼此的生活、工作以及家庭生活，竟是无话不谈。在同学之间和在外界交际应酬不一样，不需要装腔作势，也不须戴着面具说话，因此，见面总是有说不完的话。其实，这帮同学隔三岔五总会小范围聚会，大规模的聚会也超不过三五年，彼此之间的感情，在水电校几十年的毕业班里，任谁说起，都是赞不绝口的。只是这些年，自己身陷生活困境，很少介入聚会，同学之间许多事不甚了解，但心之牵系，却一直没有停顿过。

说起前往北川，话题当然离不开"5·12"。罗志刚是我们班同学里唯一一个被埋在废墟里而又获救的人。当地震发生时，正在三楼办公室上班的一帮同事蜂拥而出，拥挤的楼梯间开始坍塌，站在门口在他眼观四周，逃生已是不可能的了，凭自己搞设计的经验，选择了临门现浇柱密集的地方，顺着大梁倒塌的方向倒了下去，在震耳欲聋的轰隆声里，电力公司的办公大楼成为废墟。

当罗志刚从昏迷中醒过来，护着头颅的双手已经无法动弹，身体扭曲着被埋在废墟里，呼吸急促，身体根本无法动弹，如此状况，再有余震，必将窒息而亡。于是，他开始一根手指一根手指地抠动废渣，当露出空隙之后，刨开了头部四周的瓦砾，调整好姿势，在余震里为自己赢来了微小的生存空间，当十多个小时过去，被营救出来，这才知道，办公室其余的同事全部遇难……

我已经不止一次听过这段经历，可再次听到，仍忍不住嗓子发紧，眼睛发涩。这些生命的奇迹里，智慧与冷静所显示出的力量，坚强的生之信念所显示出的力量，是多么强大啊，在我的同学，一个平凡的、普通的人身上，我看见了超越极限的生命之光。

当我们行驶两个多小时，顺利到达绵阳时，老班长，邹旭、周琼、陆宗鸿、黄铃、华继明已经等候多时。在新老茶树农家乐里，以茶代酒，我有太多说不出的感动与感激。当我举起手中的茶杯面向所有的同学，我相信他们一定能够听见我的心声，那些从我的眼光，从我的气息里散发出的信息，一定会直达他们的心底。

真的，当一个人经历过生死，经历过生别死离，经历过太多的苦难之后，人世的悲欢、荣辱，皆如浮云，如过眼云烟，只剩下一腔真爱储存在心灵深处。我已经丧失早年间的伶牙俐齿，在借助文字说话以后，我所有的语言都是多余的了。所以，我一直喜欢动用文字与朋友们交流，我知道他们会懂。

同学相聚，不管相隔多远，相隔多长时间，地位悬殊多大，那种亲密，那种无间皆是任何关系也无法比拟的。看着大伙儿嘻哈说笑的场面，我一次次被感动。班长的话痨，无不体现出他的细腻与热情；周琼的说教，富含生活哲理又摆不脱为人之师的本能；黄玲开朗且带着强制性的语气，与她应酬于各层人士是分不开的；华继明，陆宗鸿的幽默，总会不时掀起哄堂笑声；而邹旭，李璧霞的乖巧，机灵，在这样的聚会里总是如鱼得水，深得大伙儿的喜爱。

在这里，我不得不说说陆宗鸿，记得有一次聚会听说过他的一点儿经历，总是不能忘怀，这次正好抓住话题探询一番。在众多仕途、事业取得不菲成绩的同学里，他算是一个默默无闻坚守本职工作的人了，在守着大坝枯燥无聊而又责任重大的岗位上，他用人性的本真演绎了一场恢宏的人生。

一个偶然相识的朋友，将自己四岁半的亲生女儿托付给他照看数日，一走就是二十余年，当他把这孩子与自己的儿子一同送进大学，而后安排工作，一个朝气蓬勃的年轻小伙子已是两鬓斑白。望着他仍然嬉笑，似乎玩世不恭的神态，我一直在想，是什么力量促使他付出这样的爱心和责任，又是什么力量让他数十年如一日地抚养一个被遗弃的女婴，并将其培养成材。当旁边的同学说起他多次从河渠里救起落水的人而不求回报的事例，我才恍然大悟，这就是爱，一种大爱，一种对生命的热爱，正是这样的爱，让他在平凡的人生里做出了不平凡的壮举。由此，他那黝黑、矮小的身影，在我的眼里似乎也光辉而高大起来……

第二日中午，同学们回到母校，在早已面目全非的校园里找到记忆里的那株千年银杏树时，少年时光所有的记忆又重新浮现眼前，想起老校长、班主任，那些任课老师，想起年轻时的桀骜不驯和争强好胜，整个班的同学荣辱共享，真是意气风发啊。

当我们再次将身影定格在镜头里，定格在老银杏树下、校门旁，看着从我们身边走过的年轻学子，我知道，我们的青春已经以另外的形式再现，而我们走过的岁月，也将是这些孩子以后将要去面对和经历的，只是，同样的人生，将会有不一样的感悟，那是后话。

绵阳至北川四十来公里，一个小时的车程就到了。因为大家都在灾区亲历过那场灾难，更多的时候，并不希望回忆和唤起旧日的记忆，于是，一致决定不去老北川。

行走在新北川宽敞的水泥路面上，新修的北川迎面为我们展现出一幅幅秀美的画面，居民新区，商贸交易地，配套的行政机构，在浓厚的羌文化气息里，如出水芙蓉，呈现出一片明媚的色调。行进其间，我们被北川巴拿恰商贸一条街颇具民族特色的景色吸引住了。想当年那些修建在山区的羌楼碉堡，在今天新的设计理念下，不光发扬了传统的特色，还更具人性化、实用化、现代化。而高质量的建筑群，更是将这一带的发展提前了至少二十年。这一切，应该感谢那些无私的援助者和援助的城市，而我想说的是，这之后，这些民族的、传统的文化，不光属于四川，更属于整个中国，属于整个世界。这也证实了那句话："民族的才是世界的。"

大街上游人如织。我们绕过繁华的街市，行走在外围的一条大街上，正好遇见一年过七旬的老太太神色慌乱地求助，询问半天才得知与一同前来旅游的同伴失散。老太太在别人的指点下来到110值勤点，值勤人员大概在别的地点执勤，老太太一副无助的神情，大伙儿于是帮其联系、报警，等警察到来之后，才慢慢离开，没走出几步，我听见那警察已经与旅行团联系上了。原来，老太太失散，那边也已报警，只等老太太前往归队。

望着这些仍不乏热情，富有爱心的同学们，我那易感的心又开始躁动起来。我贴近每一个人，试图走进他们的内心，去聆听他们的心声，甚至希望自己能够和他们融入在一起，一起欢乐、一起忧伤，一起走过这未尽的岁月……

　　天黑了下来，聚散已是必然。在花街品尝了特色鳝鱼之后，天空下起了惜别的细雨，邹旭驾车将我们一行送至高速收费站路口，我们与她和老班长、周琼、陆远鸿挥手道别，然后，一头扎进雨幕……

2012.6.22

人间四月天

一

一走进4月，情绪就被忧伤笼罩，清明在即，心情越来越沉重。

转眼老公离开已近五个月，每日在思念与怀想里挣扎，心被掏空的感觉折磨得人越来越麻木，似乎觉得看透了生死，也就不再注重自己的生活质量，经常是白日里赖在床上不起，饱一顿，饥一顿。而晚上则熬夜，发呆。面对文字，更静不下心来走进去，生活被自己搞得乱七八糟。

母亲病危送来之后，家、菜市场、医院三点一线的生活又将我纳入了忙碌的行列。而忙碌总是容易让人减轻痛苦，分散注意力的。当母亲又一次扛过病魔的考验，我发现我的存在，已经是母亲精神上的一种依靠了。在照顾母亲的日子里，对夫君的思念便逐渐沉淀，不再哭哭啼啼，更不再折磨自己。这并不是不再思念，因为我知道，真正的思念是可以转换成别的形式的。

4月2日清晨，窗外传来少有的鸟鸣声，一丝阳光透过窗帘的缝隙撒在床沿上。我慵懒地躺在被窝里，正琢磨着怎样去往青城后山。车站虽有客车到后山脚下，可到墓地还有十多里山路，应该怎么走？姐夫有车，可他们都还在上班。正一筹莫展，手机响了。周讯说要上山去祭拜我老公。一时间感动得不知说什么好，立即起床准备祭品。

周讯是当年老公管理修建干修所时结识的朋友，十多年来，随着身边朋友的来来去去，这兄弟俩一直情同手足，彼此关照搀扶一路走来，给我留下过太多的感动。

当车行驶在弯曲的山路上，周讯讲述着从住院部溜出来的情景，我才恍然大悟，难怪上车那一刻发现他神情与往常不太一样，并且消瘦了不少，原来正在生病期间，人当然显得憔悴，一时无语凝咽。

搀扶着母亲走下那一百多级台阶，双腿已经开始发颤，安顿母亲坐在旁边，我跪在墓碑前供上水酒，点燃烛火，一时间百感交集，哽咽里，轻呼老公的名字，万语千言，用无声的心念传诵，我仿佛看见他清瘦的身影飘过我们头顶，表情安详而平静，微笑里早已没了病魔带来的痛苦。就在一瞬间，我纠结、忧伤了那么久的心情一下子得到了释放。是啊，死亡，在活着的人眼里，也许是终极的痛苦，而对于离开了的人，它又何尝不是一种幸福和解脱。

回程的路上，接到诗友玫瑰之冢的电话，说是准备和云珠相携前往都江堰。心情陷入空前的温暖。

二

当玫瑰之冢再次从车站打来电话，告之确切的出发时间时，孩子爷爷已经通知我第二天随他们前去塔陵给婆母扫墓，计算了一下行程时间，我估计中午时分能够赶回城里。

塔陵坐落在徐渡的两江交汇处，当初选这块墓位时，风水先生说，两江系二龙，而塔陵犹如一颗闪亮的明珠镶嵌在二龙之间，先人葬于此，后人必将大富大贵，长命百岁。婆母已经入住三年，而我老公却随即跟去。我在想，这风水，到底存在不存在？这信仰，到底是谁信了谁？

气温一夜间降了十来度，夜半淅沥沥下起了小雨，去往青城山和徐渡的车辆如织，我和公爹、夫家姐夫妹夫等一行人来到塔陵。进入阴冷、黑暗的塔内，被告之照明线路损坏还未修好，一盏昏暗的手电灯光下，四周林立的骨灰盒匣子散发出一股潮湿的霉味，阴森寒冷。一行人的脚步声在塔内回荡，令人背脊发麻。

行至婆母的墓旁，正想把手里拿的鲜花插上去，才发现够不着。守陵人提着手电出去取梯子，我们旋即陷入黑暗。那一刻我想，假如生命关头，让我一人置身于这样的环境，我会怎样？走过了生死的人，在这些亡灵之间，还会有恐惧吗？我不得而知。

出得塔来，选了一块干净的草坪，摆上果盘，刀头祭品，将带去的香蜡纸钱投进熊熊的火焰里，正燃着的纸钱和已经化成灰的在风里飞扬，两个世界的灵魂就这样在火光里得到了完整的交流，想想觉得真是不可思议。

祭祀完毕，说我已经去给我老公上过坟，他们就不再去了。一听这话，心中颇感失落。转念又一想，就婆母这里，我感觉到的都只是一种仪式了。既然是仪式，做一遍和做两遍又有什么区别？很多时候，人一旦离开了，活着的人所做的一切，不过是做给活着的人看的，再一点，也是为了给自己心中的不安寻找某种解脱而已。如真能够坦然面对亡魂了，祭拜不祭拜又有什么关系？如此一想，也就坦然了。

回到家里，赶紧为母亲准备午饭。和母亲闲聊，说起扫墓的事，说起烧香拜佛，我笑着对母亲说；"拜什么佛啊，拜千佛拜万佛，不如拜自己的老母，母亲就是活菩萨，哪一个母亲不是伟大的啊？生前不孝敬，去世以后，做得再好又有什么用。"

说完后发现身后没了声音，急忙回转头，却见母亲用手轻揉她那失明的双眼，而脸上，却露出开心的笑容。

三

十二点四十九分，玫瑰之冢在客运中心打来电话，说已经抵达都江堰。当他相携云珠走过石油街，试图穿过横隔在我家与车站之间的菜市场和荷花池批发市场时，短短的直线五百米距离为其布下了迷魂阵。

石油街荷花池在"5·12"地震时，因倒塌严重，至今还没完全恢复，因此，四下里围栏着的工地阻挡了路线，这两个震后第一次来都江堰的人，在新建的房屋，小巷里东转西拐早转晕了方向。

我手持电话来到相约等待的"花椒鱼"餐馆前，面对几米远的玫瑰之冢夫妻四下张望，不见人影，于是，又开始拨打电话。也难怪，当年的那场车祸严重影响了视力，几米远的人影对我来说，也犹如月光下的影子，总是模糊不清。因此，即便对玫瑰之冢夫妻不再陌生，当他们出现在前方几米处时，我仍然没有看见。

玫瑰之冢健步走过来，云珠手持手机不停拍照，看着已经走到眼前的玫瑰之冢，我激动地说着话，早把在群里无数次说过的要拥抱一下他，拽拽他大胡子的事给忘得一干二净了。

时间已是一点，三人就近走进"花椒鱼"就餐。细嫩鲜美，刺少肉滑的青鲢也算是都江特产。虽说这都江堰属于旅游城市，吃喝玩乐的地方遍地都是，但我少于出门，对本地出名的饮食特色知之甚少。真有朋友前来，招呼应酬我做得绝对欠佳，好在我知道他们夫妻前来，并不是来体验这些的。

在网络里认识玫瑰之冢有四个年头了，我从一个不知新诗为何物的山野村妇，到天天跟着他们那一帮诗人转悠，我们也不知相约过几次见面了，而彼此现实生活里总是无法脱身，以至短短四年，都经历了太多的变化，玫瑰之冢从新疆到国外，然后到四川，一个习惯流浪的人开始遵循早九晚五的生活，凡是认识他的人都惊讶于他的改变。

而我，从一个打工妹到围着病榻、灶台转悠的女人，生活给了我们许多意想不到的难题，而我们无论怎样改变，共有的文字梦一直将我们联系在一起，也正因为这一点，才有了今天的相聚。就着二两梅子酒，网络人为笼罩上的那层面纱被掀开，真实的、鲜活的人就在彼此面前，如此坦诚而真实，仿如结识相处多年，亲切而自然。

小巧玲珑的珠子一直很少说话，只是不停地拍摄，偶尔几句话却又显出一股子娇柔，这跟我在她的诗歌和文字里所感受到的完全是两种不同的感觉。读她的诗，我总会被她迷幻的思维带进神话般的世界，而她的文字，又将她在工作、职场上的干练展现得淋漓尽致。因此，看见她的那一瞬，我有片刻的迷惑。这究竟是一个什么样的女子，我的心里充满了好奇。

四

出得餐厅，天气愈渐阴沉，这年清明时节，总是阴雨不断，难怪古往今来的人会选定这样的日子来凭吊先人，祭奠逝者。特别是这都江堰，清明更是一大盛事。人们不光祭祖，还得祀水，官方和民间社团在这个时节还会举行隆重而又热烈的放水仪式。

玫瑰几年前来过都江堰，对这里的民风习俗已不陌生，说起登临青城山更是津津乐道，当他们徒步从后山登上白云寺，而后夜宿"又一村"，青城山上独特的农家风味和便宜的物价让他至今难以忘怀，听他如此道来，连我这个生活在都江堰十多年的人都羡慕不已。

云珠却是第一次来这个震后重建的旅游城市。都江堰展现给她的，已经是另一种不同的风格了。特别是一环路内打造的古城风貌，雕梁画栋、飞檐翘角，街边流淌的清冽河水，泛绿的杨柳飘飘荡荡，枝干虬结的梧桐树张牙舞爪地举着一串串红灯笼，临街的建筑物也已换上青灰怀古的色调，行进其间，犹如置身于历史画廊一般。

我本想陪他们去都江堰景区走一圈，去看看飞沙堰、鱼嘴、宝瓶口、二王庙，去参观参观这伟大的水利工程在经历了两千多年风雨侵袭后，是如何再一次走过地震的洗礼，如何傲然伫立在玉垒山脚下。可眼前这细雨霏霏，即便进入景区，怕也难以尽兴。便决定先找一家酒店住下。

在石油街附近转悠了一会儿，这里旅店酒家确实不少，各种价格不等，不过大都没有开通网线，对于我们这样一群常年在网络里游荡的人来说，这样的住所肯定不在首选之列。想起车站附近的七天连锁酒家，记得前不久有朋友入住，条件设施齐全，便决定不再浪费时间，届时前往。

三人谈兴越来越浓，似乎对游览景区也没了兴趣，干脆直接奔茶楼而去。都江堰的茶楼也是一大特色，大街小巷、社区家园，一民房简单装修一下，或者一小门面精心布置一番，更或者有太阳的时候，院子里，河堤岸，几把藤椅一张茶几，喝茶聊天，扑克麻将，这茶楼的生意便风生水起。

临街选了一家茶楼，靠窗坐下。三杯清茶冒着水雾，摆在三人面前。玫瑰将已经开始发福的身体塞进藤椅，神情闲定而自如。这时我才开始仔细观察他。几年前刚认识的时候照片里那一头飘逸的长发已经剪短，被我无数次提到的胡子有好几公分长了。这两年不再四处流浪，蜗居在四川这块湿润的土地上，人也就越发白皙，不大不小的眼睛闪着智慧而狡黠的眼光，这眼光把网络里那个锋芒毕露，言辞犀利，很多时候还相当刻薄的坟头给完全融合在了一起。

看着玫瑰之冢微微隆起的啤酒肚，我好几次都想去拍拍他，甚至坏坏地想，这个满腹诗书的汉子，他真实的皮囊里到底装有什么，拍出的声响是不是也和他写出的那些文字一样极具个性，想着他说自己写诗就和呼吸一样，那么，拍击他肚皮发出的声响是不是也像一首首诗歌？我不得不忍住强烈的好奇心和冲动，跟随他的话题穿行在网络和现实里。

五

在一杯清茶的浓与淡里，天色昏暗下来。我提议去吃"芭夯兔"。却见珠子与玫瑰之冢相视一笑。心里一紧。心想这时值兔年，两个人该不会有啥忌讳吧，一时面上露出尴尬的神情。

玫瑰之冢笑出了声，问我："你知道'芭夯兔'出自何地？"

我茫然相向。"不知道。"

"'芭夯兔'总店就在自贡，我们还说等你到自贡来带你去品尝。"

呵呵，真是心有灵犀啊，远隔数百里两个城市的人，在美食数不胜数的食府，想到的竟是用同一款食品款待对方，真是难得。

放弃了"芭夯兔"，一碗馄饨打发了五脏庙。随后，入住"七天"。

盘膝在酒店洁白的床铺上，一壶白开水侍候着三张不停翻动的嘴唇，话题越来越宽，从文本的创作到写作的目的，从生活的积累到揭示人性的本真，说到激昂处，玫瑰之冢在网络里那种咄咄逼人的神态又完全显现出来。

"你到底想怎样深刻？"

"你写这些文字到底想达到什么目的？"

当然，更多的时候，是在探讨某种文体的走向，说起创作带给人精神上的那种欢愉或者痛苦，说到人生的苦难和死亡的终极命题，三人各持己见。在激烈探讨里，我好奇地看着珠子和玫瑰之冢，别看他俩相处在一起时，举手投足，或者下意识里，总是无时无刻关心着对方，但争论起这些话题来仍各自坚持自己的观点，探讨到最后，又总是相视一笑，不了了之。

说得最多的，还是我自己。从我们夫妻相濡以沫的爱情说到人生的苦难，从我遭遇的车祸到生老病死，家庭，亲人，包括我的同学和我结拜的姐妹，我接触的这些生活在社会底层的女性，她们对命运的抗争，对幸福的追求，以至最终选择的途径和获得的归宿。我无数次想敲击键盘将这一切记录下来，只是面对如此沉重的主题，我没有信心驾驭它们。

"你搞什么狗屁的舞会啊，这大好的题材你不写，你去写什么舞会情诗？这就是你要的深刻，你要的厚重，知道不？"玫瑰之冢在听完我的叙述后愤愤地说道。

我是一脸惭愧。面对自己喜爱的文字，我何尝不知道感人的、优秀的作品来源于生活、来源于真实啊。但是，要想将身边的这些故事付诸文本，只有对文字的热情是绝对不够的，驾驭文字、提炼素材、挖掘内涵等等，都是必须具备的基本功能。而且，还必须有一份责任，一份良知，一份大爱之心。

说到爱，心思又回到了现实里。从中午离家到现在，已整整十一个小时，担心母亲在家挂牵，即刻打道回府。

六

一夜无梦。清晨被窗外滴滴答答的雨滴惊醒。不知道玫瑰和珠子有没有休息好，赶紧拨打电话询问。铃响半天，话筒里才传来玫瑰之冢含混不清的声音，说还没睡醒。晕，真是心宽体胖好睡觉啊。看来我是瞎担忧了。

临近中午，两个人来到小区门口，我探视性招呼到家里小坐。没想到玫瑰之冢欣然答应，心里自是温暖万分。说实话，自从老公离开以后，我已少有招呼朋友来家，一是懒于收拾，家里比较杂乱，而且母亲生病住在这里，家里弥漫的中药气息一般的人很难适应。再者，客厅里摆着遗像，来人更是无法放开言语，还不如在外面小坐来得自然。

走进客厅，看见我老公的灵位，玫瑰便径直向前作揖叩拜，并亲手点燃一炷香插入香炉。我的眼睛又不争气地潮湿起来。想起这虚拟的网络和真实的友情，我能说些什么呢？我在想，如果真有灵魂一说的话，我相信老公此时一定在那边静静地看着我们，而且是满心欢喜。

老公对玫瑰这个名字并不陌生，地震那会儿，我接到的第一个短信就是玫瑰之冢发来的，为此，我和老公说起过好多次。当然，还有很多朋友，比如我的两个师傅，我的姐妹香尘、古筝、我的"娘子"，以及那一群丫头小子。他们曾经无数次给予我们夫妻俩以援助和支撑，陪同我们走过那一段艰难的岁月。

整整六年，如果不是诗歌，不是网络，不是这些至情至性的朋友陪伴我们，我想，我是坚持不了这么久的。说真的，无论怎样坚强的人，时间都将消磨他的意志，更何况是一个弱不禁风的女人。在那些孤寂寒冷的冬夜，我完全是依赖那些文字里的温度，那些手心里的温度熬过来的，这不，人间四月已经来临。

坐在我家简陋的沙发上，从祭奠我老公说到大地震那些遇难的人们，心情更加沉重起来，玫瑰说："要不，我们去汶川走一趟。"提议立即得到珠子的附和，我更是蠢蠢欲往。

汶川离都江堰也就一百多公里，只是沿山盘旋的213国道一直以险峻著称，地震前老路没有改建，行程大概要三至四个小时。我也是2001年随一摄影记者夫妇前往大草原时路过，更早之前在那住过半年，可留在脑海里的印象早已模糊。

我随即和家在汶川的大姑姐联系，得知新建的高速已到映秀镇，沿途开通的隧道更是缩短了距离，最多一个多小时就可抵达汶川。三人立即整装出发。

迁徙的红柳

七

都江堰至汶川的原213国道在地震中因损毁严重，几乎被遗弃。客车便沿着都汶高速公路从紫坪铺一路驰来。沿途随时可见山体滑坡阻断的老路，类似堰塞湖的河渠，那些被损毁的路基、房屋、桥梁以及孤零零留在山体腹部的隧道，那种黑黢黢的洞口，就像那些满身伤痕的大山张着大嘴，正无声地诉说那场灾难带来的伤痛。

珠子拿着手机不停地拍摄着。我不时为他们讲述从亲朋好友处听来的，那些发生在这条路上的故事和传闻，包括那个九岁的男孩背着两岁的妹妹，在强烈余震里，跟着逃难的人群，翻山越岭走出升天。说真的，不设身处地走进这样的环境，任谁也无法想象这条生命的通道有多艰难。在巨大的自然灾害面前，如蝼蚁一般脆弱的生命，需要多大的勇气和毅力才能够走到生命的彼岸。

看着那些仍在河渠山坳里疏通运作的民工，那些沿途还在维修扩建的工人，我不由得陷入沉思。

在这条岷江沿岸，古往今来，发生过多少奇迹和惊天动地的故事，从大禹治水，到羌人几进几出川西平原，横旦千年的都江堰水利工程，从三星堆出土的纵目面具，到岷江流域神秘的崖棺、矮人，祖辈口口相传的羌族史诗，我们不难想到在这块美丽的土地上，曾承受过多少次"5·12"这样毁灭性的灾难，而这个坚强的民族，秉承其先人的品格，继承大禹的风骨，就这样一次又一次战胜天灾人祸，走过历史，而后，屹立在西南。

客车就这样在我的遐想里驰进了大禹的故乡——汶川。迎面而来的大禹塑像把我们迎接到一个崭新的县城里。面对这个曾经牵系着世界的眼光，牵系着整个华夏儿女之心的土地，我的嗓子眼开始发紧，一种说不清道不明的感觉在心里翻腾。

随客车来到老县城，我凭着记忆寻找曾经住过的地方的痕迹，不停地为玫瑰和珠子指点，这里是县政府旧址，那里是姜维城遗址。说着说着，身边没了人影，转眼望去，却见玫瑰之冢背着行囊疾步穿行在那些楼宇之间，早已经把我的絮絮叨叨抛到九霄云外。他像是在追逐着什么，又像是在寻找什么。神情肃穆而庄重。我怔怔地望着他的背影发呆。

珠子一刻不停地抓拍着玫瑰行走的身影，间或拍摄着那些颇具民族特色的羌楼街景。阳光下，新建的县城露出迷人的异域风采。

河风刮过来，掀起我们的衣衫，发丝散乱地在头上飞舞，仿佛有某种神秘的精灵在我们四周飘忽，定下神来感受时，它们又飘向了远方。而这个时候，阳光照在我们的肌肤上，却是格外的温暖……

八

行至红军桥头，一眼望去，岷江河堤里满是灰白色的鹅卵石和瓦砾，阳光下，竟生出些许苍茫的色调。正是枯水季节，裸露的河床像极了一位年迈的老人，骨瘦嶙峋，黝黑，且皱纹满布。岁月刻画在身上的伤痕和印记是那么触目惊心。站在桥头廊亭里，看着眼前的景色，竟是满心悲凉。

对岸悬崖上耸立着一座羌族图腾柱，更上面的山峰上是一座凉亭，一条蜿蜒而上的石梯盘旋在山崖之上。悬崖下跨江而建的弧形桥像彩虹一样将两岸连接起来，很是壮观。

桥两边围栏上绘满各式各样的羌族图案。玫瑰之冢与珠子饶有兴趣地围绕着桥头观赏。我早些年住在姑姐家时，几乎每天都会来桥上走走，早已司空见惯，不为所动了。

"云珠，那边有一阿婆，去拍拍她吧。"

不远处的台阶上坐着一位六七十岁的羌族老人，头上缠绕着白色的头帕，身穿天蓝色的绣花羌服，衣服已显陈旧，系在腰前的围腰，绣花却异常鲜艳。因了姑姐夫是本地人氏，加之出生、成长和工作一直在这方土地上，对这些父老乡亲，心里一直存着亲人一般的感情，因此，一见玫瑰之冢与珠子欲上前与之合影，心里泛起一阵感动。

"你们和我照相，要给我点儿钱哦。"

当珠子亲昵地挽扶着阿婆时，阿婆用沙哑的嗓音说道。

玫瑰之冢面带笑脸轻声说："好的，阿婆。"

只是，只是在那一刻，我还没来得及完全绽放的笑容僵在了脸上，心里顿生一种羞愧的感觉。当玫瑰之冢为珠子和阿婆拍摄了一张合影后将钱递到她手上时，我已经深深低下了头颅。

一时间心情灰暗到了极点。

"啊！这里竟然还有清真寺。"玫瑰之冢惊喜地朝桥头不远处的清真寺直奔而去。

这是一座有些年头的寺院。圆顶尖塔，弓形门廊，镶嵌其间的蓝白色调醒目、明亮。这和我在别处看见的寺院大体相同，只是规模略大一点儿。阿坝藏羌自治州是藏、羌、回、汉多民族混居地区，每个县城都聚集着不少穆斯林，他们是将信仰当作日常生活一部分的民族，而礼拜又是他们每天必修的课程，因此，这属于他们心灵的家园便随处可见。

这玫瑰之冢生长在新疆，我不知道他生活的环境是不是处在伊斯兰教文化的中心，但是，我明显感觉得出他对伊斯兰文化的偏爱，包括对清真饮食的喜好。我曾有过不少回民朋友，也多次前往过清真寺参加活动，对礼拜并不陌生，很能理解宗教对于信徒的慑服力。因此，看见玫瑰之冢如此激动，我更是满心欢喜。

临近寺院，这才看见地震损坏的某些部位还在维修中，我们无法进去，更无法去聆听教诲。即便这样，面向寺院，便已经感受到安拉的意志，所谓劳苦，纷争，仇视，灾难，不过是人生的磨炼，唯有顺从和信仰，才能求得和平与安宁。

213

玫瑰之冢说寺院里不许拍照。三人默立片刻，而后，转身离去。

九

夕阳西下。河风越来越大，每年开春时节，这里的河风一直要刮到青苗破土才会缓减。走在背阳的山脚下，寒意一阵阵袭来，我打了个寒战，赶紧拢了拢敞开的衣服。珠子也将衣服扣得严严实实的。我那不争气的鼻子又开始堵塞起来。使劲儿吸了吸鼻子，望着河对岸的楼房，我心下想，看来是走错路了。

这是汶川城外围。临山的一面因地震震松了山体，现已穿上了一层钢筋混凝土的盔甲，沿途看见不少靠山坡种植的竹子和不知名的树木，我好奇地询问这是何物。"顶山竹。"玫瑰之冢说道。望着那些巨石下纤弱的生命，我一直在想，这些树木竹类就真的能够顶住山体吗？又抑或，这些本身只是人们种植的一种信念和希望？

为了防止飞石，公路上方架设了不少防护网，防护网里兜着许多不知何时飞落的石块。走在下面，总有行进在生死边缘的感觉。因为你根本就无法知晓什么时候地就动了起来，也无法知晓那山坡什么时候就滑落了下来，这种提心吊胆的感觉就这样陪伴着我们走完整段路程。

路似乎越走越远，疑惑也就越来越重。我听见珠子说路可能走错了，而玫瑰之冢一再坚持沿这条路走下去就能够到达"明珠家园"。争执不下，玫瑰之冢甩开大步走到前面去了，我只好一摆一跛跟在身后，走得急了，一边稀里哗啦地吸着鼻涕，一边不停擦拭着模糊的眼睛，我就这毛病，一急一累，鼻涕眼泪就无法控制，而真的伤心哭泣时，又没了半滴泪水。这全是当年车祸所赐，很是狼狈。

珠子远远落在后面不紧不慢走着，我一会儿停下来等等她，一会儿又匆忙往前追赶玫瑰之冢，好几次想叫玫瑰之冢拦一辆车，话到嘴边又被硬生生给咽了回去。

好不容易来到昔日阿坝师专校址前，"5·12"那一刻，教学楼顶的时针和分针就那样定格在两点二十八分。摇摇欲坠的大楼被石块瓦砾包围着。望着这堆砌起来的围墙和满地细碎的瓦砾，眼前闪过数以万计的遇难者的影子，闪过那些抗震救灾里捐躯的英烈们的影子，满心沉重。他们就这样和矗立在河滩上的大楼一起，被历史定格，被时间定格，被记忆定格。而年年的清明，年年的"5·12"，无论是来到它足下，还是远隔千万里，一定有千百万的人们和我们一样，将相同的哀思寄往这同一方向。

最奇妙的是，当珠子摄影的镜头扫过满目疮痍的残垣断墙，扫过灰暗刺目的遍地瓦砾时，一朵金黄的蒲公英出现在她的镜头里，"快来看蒲公英！"。随着珠子的呼叫，我和玫瑰之冢围拢过去——只见夕阳下，厚厚的瓦砾缝隙里，一朵小小的蒲公英正从石块里挤出头来，开成一朵灿烂的笑容。

一时间，三人都没了言语。望着这株娇弱而鲜活的生命，一种感叹，一种震撼，甚至还有一种温暖漫了上来，直达我们的心底。我更是思绪起伏，不能自己，我在想，面对生命，面对灾难，我们写下那么多的诗文，怕是没有哪一首诗歌，哪一篇文字，能有这朵蒲公英的怒放来得生动感人，来得恢宏强大。

<h2 style="text-align:center">十</h2>

"明珠家园"一期是地震后，由广东援建的第一批安置房，姑姐一家早在2009年底就入住了新居。当我们踏进这宽敞明亮的房屋，正好遇见从成都回家休假的侄女。这个美丽大方的羌族姑娘，一见我带了朋友前来，自是欢喜，立即张罗着带我们去体验羌族风味。玫瑰之冢和珠子很是客气，我却不管许多，积极响应。

当再次回到红军桥附近，走进羌文化一条街时，我们才知道，一下午，我们在伟大的玫瑰之冢同学的率领下，是怎样甩开膀子大踏步进行了一场"两万五千里"长征，他又是怎样考验了我们的耐性和毅力。好在我们不愧是从红军桥上走过来的英雄好汉，六七公里直等闲。

迎面看见一冠名"尔玛绣品"的羌绣陈列馆，珠子推门进去。宽敞的大厅里，陈列架上是琳琅满目的羌绣饰品。云云鞋、头帕、围裙、飘带、挂饰，还有将现代时尚用品与民族挑花刺绣工艺糅合而成的化妆包、手提袋、靠垫、吉祥信物等等。这些日常的生活用品，在经历了几千年手手相传之后，已经不再只是承担日常生活的用品，更是传承羌文化的一种手段和载体了。

"一学剪，二学裁，三学挑花绣布鞋"，这道羌族女子人人皆会的手艺，此时，在我们眼里展示出莫大的魅力。看着展柜里一幅标价八千元人民币的壁挂，我显摆地告诉珠子："我大姐也会绣咧。"只见姑姐羞涩地低下头说："我绣得可没这么好"。当晚上大姐把她春节期间绣的一件两尺见方的壁挂送给珠子时，珠子露出的满心欢喜，那是后话。

当一行五人走进门廊上挂满玉米、辣椒的一座羌楼后，侄女赶紧去配菜。"来二两梅子酒。"呵呵，两天时间，我已经知道了玫瑰之冢的喜好，就二两梅子酒。这和刚认识他时，整夜泡在酒精里完全是两回事了。看着身边的珠子和玫瑰之冢，我真是感叹万分，我想象不出如此娇小的女子，是凭什么征服和改变了这匹野马的。

当服务员端来海带腊猪蹄、九斗碗、玉米搅团等菜肴时，我和玫瑰之冢不约而同对玉米搅团露出了浓厚的兴趣。这酸油菜汤佐食的玉米搅团，是山寨里那些羌胞的主食，因此，在这里做得异常地道鲜美，我一口气喝了三碗，再看看玫瑰之冢，他喝得也不比我少。当服务员再次送来金裹银米饭时，我已经实在是撑不下去了。

出得餐馆，大姐说前面是锅庄广场，正好去跳跳锅庄帮助消化。

来到人头攒动的广场上，男女老少至少会集了上百人，不远处的墙体上播放着盛装的锅庄舞会场景，广场里居家装束的人群，随着音乐翩翩起舞，大姐和侄女汇入了人群。珠子也跟随着人群舞动起来，我没想到她的舞感如此强，竟然能够跟上节拍和舞步，真是令人刮目相看。我在一旁自是心痒，已是十多年没有跳过了，不好意思下到舞场里去，只好站在原地扭动扭动腰身。

夜深了，寒气漫了上来，招呼大伙儿返回"明珠家园"。夜宿大姐家，自是比在酒店更真实地感受家的温暖。玫瑰之冢看来是疲倦了，倒床就睡。我和珠子却是同榻而眠，抵膝长谈……

<h2 style="text-align:center">十一</h2>

分别在即。一早就急忙忙赶往车站。原计划回程路上去映秀镇凭吊，但一想到都江堰发往自贡的车只有两班，如果错过了，一耽误又是一天。这些早九晚五疲于奔命的人群，有着铁一般的生活规律和作息时间，对于无故旷工这类事是不轻易问津的。于是，汶川之行落下了一份遗憾。

都江堰依旧是阴雨连绵，连同行走在路上的人们，似乎也都阴沉着脸。在车站买好返程车票，一看还有一段空隙，三人便商议怎样打发余下的时间，去景区时间是不够了，去逛市区吧，这老天爷不配合，老是哭哭啼啼的，没个停歇的时候。正想说去我家坐一会儿，母亲打来电话，说是姐姐来家陪她了。也罢，还是去茶楼。

继续未完的话题，玫瑰之冢同学谆谆诱导文君同学弃诗从文，打造一部震惊中外的世界名著，比如《悲惨世界》，比如《百年孤独》。坐在茶楼舒适的藤椅里，我微微闭上了双目，幻想着登上领奖台，朝着玫瑰之冢、珠子挥手欢呼，激动的眼泪哗啦哗啦地流……晕，该死的鼻涕竟然不合时宜地流了下来，茶楼里一热，鼻炎又在作怪了。我睁开眼睛，看见玫瑰之冢同学还在喋喋不休。

转眼已是十二点过了，三人要了八两水饺。俗话说："送客饺子，迎客面。"吃水饺还真是应和了此时此景。玫瑰之冢看来对都江堰的面食很是满意，这些天吃了好几顿，特别是在"小频面店"，玫瑰之冢对面店的装潢、服务、价格、味道更是赞不绝口，大有回到自贡亲自开一家的势头。好在我还喜欢吃面食，只是我们简便的饮食习惯苦了珠子，这些天跟着我们俩都变成了面口袋。

一点三十分，我们来到检票口，客车姗姗来迟。玫瑰之冢的情绪明显烦躁起来，不停地在停车场里走来走去。我站在栏栅外，茫然地望着站台边的客车，和来来往往的旅客，心里一直在盘算，等开始检票上车的时候，一定上前和玫瑰之冢、珠子拥抱告别。

一点五十分，开往自贡的客车开始验票，玫瑰之冢一个箭步就冲了上去，珠子拿着相机拍摄上车的镜头，随后登了上去。我傻傻地站在站台上，望着他们消失在车厢里的身影，想起那么煽情的拥抱告别场面就这样流产了，不禁哑然失笑。我下到站台里，围着客车缓缓绕行。这该死的客车车窗怎么就那么高，我将头望得高高的，使劲儿伸长脖子，颠起脚尖，可怎么也见不着两个人……

客车开动了。望着渐行渐远的车影，心里涌起一种莫名的伤感，嗓子眼一紧，赶紧冲出了车站……

2010.4.14

后记：迁徙的红柳

　　每到3月，神州遍地皆插柳。这习俗总会激起我的满怀思乡情绪，而我的故乡，却是那千里之外的若尔盖草原。

　　若尔盖草原上有一种特殊的植物——红柳（又称：柽柳），我和大多数人一样，总会将柽柳与旱柳混淆起来。在去往黑河桥的途中，有一片防风林，我们常常称其为红柳林。而红柳林后面的山坡上，便是烈士墓和公墓，我父亲的骨殖还埋在其间。其实，防风林栽插的柳树，插的是旱柳，并非柽柳，只是人们热爱红柳这充满诗意的称谓，便一直将这片柳林称为红柳林。

　　我是出生在藏区的一个普通汉家女子，除了体内流淌的血缘、承袭的姓氏与人种的基因与高原上的藏民族不同以外，骨子里早已浸润上了藏民族特有的信仰、习俗与性情。以至于无论何时何地，旁人都会将我与藏家女子混淆起来，那情形就有如我们将柽柳与旱柳混淆起来一样。

　　在藏区，像我们这种情形的人，还有一个特别的称谓——藏二代。从这点上来讲，我们所谓的藏二代与红柳并无两样，都有一个明显的烙印，那就是藏地色彩。

　　在藏族的宗教信仰里，有转世一说，我说不清楚，我们这些出生在高原的一代人，是否是原住民转世于那些支边建设者的，我也不知晓，那些将生命交给了高原的人，是否又转世于当地的藏人家中。不过，彼此之间发生的那些血乳交融的故事，那些年来相携走过的日子，却是感人至深的。

我常常把自身喻为红柳，也将那些奔走在都市与高原之间的藏汉同胞喻为红柳，这是因为我们都和红柳一样，有着顽强的适应能力，无论落足于何地，都能扎下根，坚守着自身特有的习性，然后生根、发芽、开花。

我们是一群迁徙的红柳。从内地到高原，从高原到内地，藏汉文化早已相互渗透，融入彼此的骨髓。每当悠扬的牧歌飞扬起来，欢快的锅庄旋转起来，脚下的泥土是为何方已不重要，重要的是，我们一直不忘初心，不忘曾经滋养过我们的那一方山水和土地。我们在繁芜而嘈杂的人世间，始终坚守着最初的信仰，在人性的真、善、美中，寻找通往理想国度的天梯。

文字一直是我与外界接触的唯一方式，无论是我文字里的昔日高原，还是今日居住的都江堰，以及我流浪途中所经历的尘世，它们都是我生命中极为厚重的一笔，我的悲欢离合，我的生老病死，都离不开这个精神国度，而我注定是为了讴歌这一切来到这个世界的。因此，即便我在万分艰难的人世攀爬，我一直坚信，只要坚持不懈，总会抵达。

2017年3月4日，我前往成都川景风情酒店参加 "三八幸福女人节"联谊会，与昔日生活在高原，而今散落在都市四周的一群藏汉姐妹欢聚一堂时，我更深切地体味到了红柳那种独特的魅力和情感。这个活动是中伦建筑工程有限公司的老总方潇先生（藏名：索郎扎西）策划安排的。这个二十多岁的年轻人，与我们当初随父母进入藏区一样，随其父母的工作，迁徙在高原与都市之间。在现代文明与时尚里，一直坚守、承袭着民族的传统文化，小小年纪，便极力推介、宣传、弘扬其地域文化与民族文化，虽只是匆忙中闲聊了几句，已让我感动至深。当他得知我离开高原二十载，却始终坚持对高原的人、事、物以及人性中的真、善、美的书写与呈现时，竟是慷慨解囊，在自身公司还在艰难创业的时期，全力资助对藏区文化的宣传与传播，彰显出一份大爱情怀。

《迁徙的红柳》一书，虽以自身的经历和身边的人、事、物着手，但要表达的依旧是那些有着红柳一样品质的人们身上顽强的生命力和其高贵的品性。我始终信奉的是：只要坚持走下去，就会抵达春天和远方。

突然想起本家老祖宗韩愈的《早春》一诗："天街小雨润如酥，草色遥看近似无。最是一年春好处，绝胜烟柳满皇都。"在这个春天时节，我们这一群迁徙的红柳，在都市烟雨蒙蒙的早春里，正梳理着枝条，吟唱着心中的歌谣，默默地向前走去。

最后，感谢给《迁徙的红柳》写序的牛放老师，这也是一株从内地到高原，从高原到内地，迁徙的红柳。

作者

2017.3.6